二人の写楽

―はやぶさ屋事件控―

岡安　克之

二人の写楽

―はやぶさ屋事件控―

岡安　克之

目次

序章　寛政六年

一

寛政六年の秋は短かった。近年にない猛暑が続いたので、秋風を感じたらもう冬の気配が訪れていた。

この年、江戸の人たちは多くの災難に見舞われた。正月早々に、麹町の酒屋から出火し、折からの烈風に煽られて燃え広がり、霞ヶ関、虎ノ門、桜田門の大名屋敷を焼き、さらに愛宕下、新橋までを焼き尽くす大火になった。この火事で、江戸の二大祭りの一つである山王祭の日枝神社が灰塵に帰した。

四月には、吉原の江戸町から出た火事で、不夜城を誇った廓は焼け野原になった。しかし、張見世として田町、聖天町、瓦町などに仮宅を出すことが町奉行から許された。

六月は、雨が降らない空梅雨となった。天明の飢饉の悪夢を思い出した人たちは米の買い置きを始めた。

七月になると、上野の不忍池から起こった竜巻が、江戸の町屋や寺院の瓦を吹き上げながら井の頭池まで北上し、人々を恐怖に陥れた。

八月は、日照りが続き、水不足があちこちで起こった。野菜が値上がりし、宵越しの金を持たない江戸っ子に悲鳴をあげさせた。

九月には、品川宿が大火に見舞われた。旅籠屋から出た火が浜風に煽られて宿場中に燃え広がり、煙に巻かれ何人もの飯盛女が死んだ。

十一月三日には、真夜中の子刻に大きな地震が起こり、寝間着のまま飛び出した江戸っ子を寒さでふるえ上がらせた。

火事には慣れっこになっている江戸っ子も、天下祭りで名高い将軍家の産土神である日枝神社や江戸の歓楽街吉原などの相次ぐ火災と、雷光が天を裂く竜巻や地を震わす地鳴りに、なにかの祟りではないかと噂した。

この暗い世相の中で、江戸の庶民たちが気軽に口にできたのは写楽の役者絵と出羽国から出てきた怪童大童山文五郎であった。写楽は美しく描くべき役者を『あらぬさま』に表現することによって、大童山は七歳で十九貫という肥満体をさらすことで江戸中の話題をさらったのである。

第一章　飛脚箱

一

清吉は、飛脚頭の佐吉から急病になった亀次兄ィの代役を命じられたとき、一人で飛脚便を届ける不安よりも、亀次兄ィの助けを借りずに飛脚箱を担ぎ客先を廻れることに興奮してしまった。飛脚見習である清吉はまだ少年の面影が残る十八歳の若者である。渡された飛脚便帳には、十一件の届け先と町名が書き込まれてあった。

尾張屋清兵衛　　一通　瀬戸物町
蔦屋重三郎　　三通　通油町
近江屋四郎左衛門　一通　蔵前森田町
甲州屋市兵衛　　一通　田原町
廣徳寺　　一通　新寺町
蓮寿亭　　一通　池之端仲町

駿河屋徳次郎　一通　坂下町
鈴木直次郎　一通　湯島同朋町
錺職半次　一通　宮永町裏店家主与助
長谷川重太郎　一通　根津権現下
坂部亥之助　一通　駒込片町

清吉が最初にしなければならない仕事は、届け先と町名を帳簿方に備えてある切絵図で確認し、届ける道順を作ることであった。十一件の届け先は亀次兄ィと何回か同道したことのある町内であったが、廻る道順の略図を書き上げるのに小半時ほどもかかってしまった。亀次兄ィが飛脚便帳を一目見るなり道筋をまとめ走り出す凄さを、清吉は改めて知らされた。

清吉はやっと出来上がった道順を飛脚頭の佐吉に恐る恐る説明した。

「よくまとめ上げた。いい勉強になったな」

清吉は飛脚頭の言葉が嬉しかった。

「行ってまいります」

「頑張ってこい。届け先の町内の切絵図を持ったか?」と佐吉は清吉の尻を軽く叩いた。

清吉が江戸木挽町にある飛脚問屋はやぶさ屋を出たのは五つ半頃で、京橋を渡ると真っすぐ日本橋に向かった。

一人で飛脚箱を肩に走る清吉には、毎日見なれた街の風景さえ新鮮に見えた。清吉は亀次兄ィの走りを真似てみたくなった。亀次兄ィが革底の足袋草鞋でぴたっ、ぴたっとける姿の小気味よさに憧れていたからだった。筋肉質の引き締まった足が歩を進めるたびに、藍に染めた半纏に白抜きされた隼が鮮やかに躍るのである。だが、左肩に背負った五尺足らずの棒に結びつけられた飛脚箱は、ほとんど揺れてなかった。腰につけた鈴の響きに調子を合わせて、「はぃ。はぃ」と声を掛けながら通行人の間を縫っていくのだった。だが、清吉はすぐに亀次兄ィの走りの真似を諦めた。飛脚箱が揺れ、小気味よく歩みが運ばないのである。

二十八間もある日本橋は相変わらず人や荷車でごった返していたが、右手に見える北岸の魚河岸は早朝の喧噪が嘘のように人影も疎らであった。

本瓦葺き土蔵造りの越後屋呉服店が掲げる看板の〈三井〉の屋号と〈呉服物品々〉の大文字がいやでも目に入ってくる。看板の上に晴れ上がった冬空に霊峰富士の真っ白な頂きが見えた。

駿河町の反対側が瀬戸物町である。尾張屋の店はすぐ判った。

「今日は清吉さん一人かえ。なに、亀次さんが急病になった。お見舞いをよろしく」と顔見知りの番頭が挨拶してくれた。清吉は書状の受取書をもらうと、また走り出した。

最初の飛脚が難なくすんだためか、足取りがいつの間にか早くなった。次は、耕書堂である。日本橋界隈は江戸の一流版元の店が多く、通油町だけでも、蔦屋重三郎のほかに鶴屋喜右衛門、村田屋治兵衛、松村弥兵衛が店を構えていた。

十二月に羽子板市が立つ室町三丁目を右に折れて、奥州街道をしばらく進むと通油町である。町内に灯油を商う店が多いのは、町の西方に旅籠屋が蝟集する通旅籠町があるからである。

耕書堂の店が見えてきた。主人の使いでなんども来たことのある耕書堂の店は、間口が二・五間であった。三年前に山東京伝の筆禍事件で間口五間から半分に削られてしまったのである。店先には、店構えに不釣り合いの大きな行灯看板が置かれており、商標の〈山に蔦〉と〈紅繪問屋〉の大文字が蔦重の存在感を示していた。

濃紺の暖簾の奥には顔見世興行の役者絵が何枚も吊るされてあった。これが、いま江戸中で評判になっている写楽という浮世絵師が描いた役者絵なのだ、と清吉は思った。商いが途切れるのを待つ間、紅葉や簾を背景に見得を切る役者絵を眺めていたのだが、歌舞伎を知らない清吉にはなんの魅力も感じられなかった。

「はやぶさ屋の若い人」

呼ばれた方を見やると、面長の中年男が手招きをしている。大阪から出てきた十返舎一九と呼ばれている男だ。

「うちの親方への手紙なら、わてが預かるによって」

大阪訛りで喋りながら、一九が手を差し出した。

「亀次が急病なので、私が代わりに書状を持参いたしました」と清吉は蔦屋重三郎宛の書状三通を一九に手渡した。

「おおきに」

次の届け先は蔵前森田町の近江屋である。近江屋四郎左衛門は札差として名高い豪商で、はやぶさ屋の大得意であったから、清吉は目をつむっても行ける場所であった。

横山町を一丁目、二丁目、三丁目と通り抜けて、両国広小路に出た。道は二差路に分かれており、直進して浅草橋を渡るのが奥州街道で、右手に折れると両国橋で本所を経て下総へ行く街道である。この界隈は、茶屋や楊弓屋が軒を連ねており、船宿へ出入りする客の姿が見えた。両国広小路は、早朝に青物市場が開かれ、午後は急ごしらえのよしず囲いの軽業小屋や見世物小屋が立ち並ぶ江戸の庶民たちの盛り場であった。もう大道手妻、一人相撲、ガマの油売り、飴売りなどの大道芸人や物売りが道行く人たちへ大声で呼びかけていた。

清吉は広小路の喧噪を横目で眺めながら、神田川に架けられた浅草橋を渡り、浅草御門を通り抜けた。以前は火除地であった茅町の新しい町並みを過ぎると、大川端に立ち並ぶ九棟の巨大な幕府の御米蔵が見えた。

近江屋では、清吉は大番頭に事情を説明してから書状を渡した。まだ八通の書状の配達が残っていた。この後は、浅草の田原町、新寺町を経て、上野から根津権現へ廻る予定になっていた。

すでにすませた飛脚は奥州街道筋にある大店で迷わずにすんだが、これからが込み入った届け先だった。〈はやぶさ屋〉と染め抜かれた半纏をまとった清吉にとって、人に道を聞くことは自尊心が許さなかった。清吉は懐から届け先の略図と切絵図を取り出した。

清吉は切絵図で道順の確認が終わると、浅草へ向かって走りだした。奥州街道をそのまま下って行くと、吾妻橋への道と交わる広小路に出た。広小路に沿って上野へ向かうと、右手に浅草観音と伝法院の森が見えてきた。

甲州屋は浅草で紙を漉いていた頃から続く古い紙問屋であった。店の主人から飛脚の労をねぎらわれ、お茶を御馳走になった。

次に目指す廣徳寺は江戸で指折りの大寺院で、加賀の前田家を初めとする大名の檀家が多いことで知られていた。新堀に架かった菊屋橋を渡った。ここが新寺町である。新寺町は大小五十をこえる寺院が集められた寺町である。身を切るような寒さのせいか、寺を訪れる人影はほとんど見当たらない。土壁越えに見える寺の黒い大屋根や葉が落ちてしまった木立の寒々とした光景が、清吉は大嫌いだった。清吉は静寂に包まれた路をひたすら走った。聞こえるのは、踏み付ける落ち葉のカサカサと鳴る音だけである。一刻も早く死者の霊がさまよう場所から抜け出したかった。

清吉は、人通りの少ない道を走るときは時どき後ろを振り返り尾行者がいないかを確認しろ、と亀次兄ィから教えられていた。しかしながら、今は廣徳寺への途をたどることで精一杯であった。

突然、清吉は後ろから男のくぐもった声を聞いた。

「はやぶさ屋の若い衆」

清吉が振り向いた瞬間、黒い影が走った。

清吉が意識を取り戻したとき、自分の身になにが起こったのかもわからずに、「はやぶさ屋の若い衆」という男の声だけが頭の中で鈍くこだましていた。記憶が空白のまま、ただ鳩尾に鈍い痛みだけが残っていた。

清吉は人形が動くようにぎこちなく上半身を起こすと、無意識に背中の方に手を伸ばした。なにも触れなかった。指先が空を切ったことが、清吉に戦慄に近い不安を呼び起した。それが意識を完全に蘇生させた。

清吉は言葉にならない動物のような低い叫び声をあげながら、所構わず無我夢中で這い回った。どこにも飛脚箱が見当たらない。まだ、七通の書状が残っていた飛脚箱が消え失せていたのだった。

「ない。ない……」

もう一度、清吉は辺りを食い入るような目で見回したが、目に写ったものは小石と朽ち果てた落ち葉だけであった。真っ白になった頭の中に、主人の誠四郎の顔が浮かんだ。

起き上がった清吉はやみくもに今きた道を駆け出した。人に打ち当たったことも、草鞋の抜けたのも気付かなかった。清吉はひたすら走りに走った。

二

はやぶさ屋の店構えは間口七間で、出入り口は三間の広さで、掛けられた暖簾には白抜きの〈定飛脚〉と〈はやぶさ屋〉の文字が鮮やかであった。出入り口以外は表角格子窓作りである。

左手が土間になっていて、奥には発送を依頼された小荷物が無造作に積まれてある。右手の帳場では、番頭の庄七と帳場方の手代五人が忙しげに仕事をしていた。定飛脚担当の手代が源七、佐助、伝次郎の三人で、町飛脚は伊吉と忠吉の二人の手代が担当している。ほかに四人の小僧がいた。

帳場に三十年配の主人が姿を見せた。誠四郎である。洗い張りのきいた木綿縞の袷をきた誠四郎は番頭の庄七へ声を掛けた。定飛脚便と江戸市内へ出た町飛脚便の報告を聞くためである。

庄七は、亀次が急に腹痛を起こし、代わりの者のやりくりがつかなかったので、止むなく下町と奥州街道筋の町飛脚に見習いの清吉を出したことを報告した。

「清吉が一人で飛脚便を届けるのは、今回が初めてだったな」

「おっしゃる通りでございます。八か月前に飛脚見習いになりましたが、すでに何回か亀次に同道しており、届け先の町内の地理については十分知っておりますから……」

飛脚便帳を一べつした誠四郎は、清吉が廻る十一件の飛脚先が比較的分かりやすい場所だと判った。

「清吉は、さぞ張り切っていただろうな」

「飛脚頭の佐吉も、清吉は物覚えもよく受け答えもいいので、予定よりも早く独り立ちさせようと申しております」

「それも、お前たちが若い者のやる気を引き出し、良いところを伸ばしてやるからだ。隠居の伝右衛門も本当に喜んでいる。私からも礼を言うよ」

誠四郎は庄七を心からねぎらった。

「ところで、亀次の腹痛はどうなのかな。間もなく良庵が来るから診察を頼もう」

「亀次の腹痛は昨夜食べた牡蛎が悪かったのだと申しております。原因がはっきりしているので、ご心配は要りません。一日も休めば、回復するでしょう」

誠四郎は三十三歳ながらはやぶさ屋の主人である。五年前に、義父の伝右衛門から店の経営の一切を委ねられていた。

誠四郎は町人の出ではなかった。大身の旗本の四男であったが、二十三歳のときに、はやぶさ屋の一人娘おふみと恋仲になり、入り婿の形で町人となった。おふみが十八歳の春のことであった。

誠四郎が躊躇なく武士を捨てたのは、新しい時代を切り開くのは田沼時代に開花した町人世界の活力であると確信したからである。もはや、江戸の経済社会を動かす主役は米に依存する武士ではなく、農産物や商品を動かす商人の手に握られていた。

誠四郎は入り婿になると、武士の考え方や立ち振る舞いを一切捨て去ったので、彼のどこにも侍の匂いを感じさせなかった。伝右衛門は誠四郎の経営手腕を信頼し、後顧の憂いもなく隠居できたのである。

この日、誠四郎は数日前の深夜の地震の後片付けも一段落したので、親しい友である医師の堀内良庵と八丁堀与力の落合兵衛を昼食に招き、談笑することになっていた。三人は幼い頃に論語塾で親しくなった仲間で、時折、誠四郎の家に集まっては旬のものを肴に酒を飲みながら、肩の凝らない世間話を楽しむのである。

昼食は目黒ねぎの鍋と鯛の刺し身であった。

鍋料理を味わいながら、良庵がつぶやくように言った。

「お菊さんが亡くなってから、間もなく一年になるな」

お菊とは山東京伝の妻であった。良庵は腕のたつ蘭方医で、昨年の暮れに亡くなったお菊の主治医であった。誠四郎は蔦屋重三郎の紹介で、兵衛は三年前の京伝の筆禍事件により、三人とも山東京伝と親しい知己になっていた。

「京伝先生がお菊さんへ寄せた情愛の深さは、誰にも真似ができないな」

そう言いながら、誠四郎は酒を運んできた女房のおふみを見つめた。

「ところで、蔦重から開板された写楽の役者絵をもう見たかい?」と良庵が話題を変えた。

十一月は恒例の顔見世狂言興行の月で、座元も役者もこれからの一年間の座組みを江戸中に知らせる大切な興行であった。抜け目のない蔦屋重三郎は、都座、河原崎座、桐座の三座の顔見世興行に合わせて、細判の役者絵を四十七点、間判大首絵を八点と、大量の役者絵を売りに出したのである。

「俺も見たよ」

兵衛が相槌を打った。彼は北町奉行の諸色調掛の与力であったから、役目柄このような情報はいち早く知っている。

誠四郎が心配げに口を開いた。

「今回開板された顔見世興行の役者絵は、役者のただの似顔絵だな。生身の役者ではなく、人形を描いているように見えるぞ」

「五月に刊行した二十八点の大判錦絵ではあれほど役者と登場人物を生き生きと描いたのに、顔見世興行の役者絵には躍動感が感じられないんだ。絵に品位がなくなったな」と良庵が写楽に対する印象を述べ始めた。

「初めて蔦重の耕書堂の店先で黒雲母を背景に浮かび上がる大首絵を見たとき、私は度肝を抜かれてしまった。これは役者絵なのだろうかと?」

「大首絵から受けた昂奮の大きさを今でもはっきり覚えている」と誠四郎が同意を示した。

「例えば、〈花菖蒲《はなあやめ》文禄《ぶんろく》曽我《そが》〉のやどり木役を演ずる二世瀬川富三郎は、知っての通り素顔はえらの張った顔だ。これは女形としては致命的な欠点といえる。だから、他の絵師は、富三郎が嫌がる顎の特徴をあそこまではっきり描きはしなかった」

間を置くように、良庵はぐい呑に残った酒で喉を潤した。

「だが、写楽の凄さは役者の特徴を描くと同時に、演ずる登場人物の内面を描き切っているところにあるんだ。富三郎が演ずるやどり木は、石井三兄弟が親の敵を打つのを助ける大岸蔵人の妻であるから、世話好きであっても、常に武士の妻としての冷静さを保つ役だ。それを見事に表現しつつ、女形の富三郎そのものを、写楽は描いていた」

良庵は続けた。

「手と指の力強い表現にも驚嘆したな。侍の奥方の凛々しさをあらわしながら、着物をつかむ指では女形が演ずる繊細な女らしさをあらわしているんだ」

誠四郎は良庵の観察力の鋭さに舌を巻いた。すると、浮世絵に余り関心のない兵衛が口をはさんだ。

「おれは芝居にも浮世絵にもなんの関心もないが、お前たちが肩入れする写楽の役者絵とはそんなに素晴らしいものだろうか。そもそも芝居は、女子供が夢物語りを楽しむ世界にすぎないんだ」

「また、兵衛の天の邪鬼が始まったぞ」と誠四郎が苦笑いする。

「美しく着飾った役者が大袈裟に演ずる絵空事を見て、義理に縛られて身動きのできない主人公に涙を流し、仇討ちの本懐に喝采する。それが芝居なのだ。役者が化粧をするのは、自分の顔を消し、観客が望んでいる惚れ惚れする顔を作るためだ。それだから、役者絵は実の世界を描く必要はなく、虚の世界を美しく描けばよいのだ」

良庵が兵衛の意見に反論を始めた。

「役者が化粧するのは、自分を美しく見せる目的ではなく、演ずる役に変身するためであって、舞台で演ずる役柄の人物になるためだ」

「いや、美男や美女に化けるだけだ。だから、役者の素顔は真っ白な化粧で隠されているではないか」

「役者絵の場合は役者が演ずる芝居の虚の世界を描いているのだが、見る者に、その絵姿に生身の役者と演ずる役柄の人物像を感じさせることが必要なのだ。写楽はそれを見事に描き切っている」

「それは、お前が役者と役者絵をよく知っているから感ずるのだ」

「買いかぶらないでくれ」

「お前は歌舞伎に明るく、浮世絵が心から好きだから、そう思うのさ。だが、歌舞伎を見物する者も、役者絵を買う者も、ほとんどが女子供であることを忘れないでほしい。女子供たちにとっては、自分の贔屓役者が美しく描かれていれば満足するのであって、惚れ惚れするような美しい役者絵だから、買い求めるのさ」

誠四郎が二人の顔を相互に見較べながら、話に割って入った。

「役者絵には、お前たちの言う二つの違った絵姿があっても良いと思う。ただ、良庵は東洲斎写楽が新しい役者絵を生み出したことを評価しているだけだ。その点は、私も同意見だ」

「……」

「兵衛の考え方と同じことを都座の楽屋頭取浦右衛門が述べたそうだ。大看板の瀬川菊之丞から『こんな大首絵を描かれては人気にさわる』と聞かされたので、蔦重に役者たちの苦情をはっきりと伝えたんだ」

「蔦重は笑い飛ばしただろうな」

「苦情を聞いた蔦重は、『俺は商売冥利に震えている。東洲斎写楽の大首絵が売れたのは、ほかの版元ののっぺりした役者絵に飽き飽きした人たちが買ってくれたからだ。俺の商売は、江戸っ子が喜んで買ってくれる読本や浮世絵を作り出すことなんだ。三年前に、京伝先生の洒落本でお咎めを受け、身代を半分没収された上に店構えを半分に削られたが、俺は後悔一つしなかった。それは、俺が開板した洒落本が飛ぶように売れ、江戸中の人たちが喝采を送ってくれたからだ』と述べたそうだ」

「蔦重らしい台詞だな」

「だからこそ、蔦重は自分の心意気を示すために、七月に開板した役者絵にわざわざ〈都座楽屋頭取口上〉を入れ、浦右衛門が〈自是二番目新版似顔奉入御候〉を読み上げる図に仕上げたんだ。彼らしい洒落だな。一代で大店が競いあっている日本橋通油町へ進出し、不出世の京伝、歌麿を世に出し、今は写楽とやらを見出した蔦重の眼力には、兜を脱がざるを得ないな」

良庵のこの台詞で議論は終わり告げた。兵衛が誠四郎に訊ねた。

「誠四郎、一体写楽とはどんな奴なのだ？」

「まだ、私は写楽に会ったことがないのさ」

「お前は蔦重と商売柄親しいはずだ。それなのに、写楽に会わせてもらえないのか？」

「重三郎さんとは、商売上だけではなく、それ以上の付き合いをしているつもりだが、私に写楽を引き合わせることを避けているんだ」

蔦屋重三郎は、戯作者や浮世絵師たちの演出家であり、事実上の保護者でもあったから、朋誠堂喜三二、四方赤良、唐来参和、山東京伝などの戯作者や北尾重政、喜多川歌麿などの浮世絵師を気軽に引き合わせてくれた。重三郎は、誠四郎を単なる飛脚問屋の主人としてではなく、飛脚問屋の仕事を情報と流通の面から見直す改革者として注目し、共感を覚えていたのである。

「蔦重は写楽を歌麿並に肩入れをしているのに、なぜ、彼の出自を極力隠そうとしているんだろうか。確かに、その方が世間の好奇心をかき立てる効果は強い。蔦重はそのぐらいの演出をするだろう。ここまでは合点がいく。しかし、三回目の開板になれば、今度は顔見世興行の役者絵だけに、写楽の種明かしで江戸中の話題をさらうはずだ」と良庵が蔦重の戦略の問題点を鋭く突いた。

兵衛が誠四郎に訊ねた。

「蔦重の顧問格である太田南畝先生は、写楽についてはなにも知らないのか?」

「南畝先生に尋ねても、『なにも知らぬ。存ぜぬ』の一点張りで、答えていただけないのが真相なのだ」

「なぜ、蔦重が写楽の出自をここまで隠し続けるのか、不思議だな。それに、お前たちの話を側で聞いていると、今度の顔見世興行の役者絵をひどくけなしていたな。写楽の役者絵が数か月で変わった、しかも、下手になったと言っていたぞ。まるで写楽が二人いるように聞こえるぜ」

良庵は兵衛の疑問に答えず、別のことを口にした。

「もう一つ、気が付いた謎があるんだ。二回目まで使われた東洲斎写楽の落款が、今回は写楽だけになり、東洲斎の号が消えてしまった」

「ほう。ますます謎が深まる写楽事件となってきたな。だが、俺は浮世絵には興味はないし、写楽がどこの馬の骨であるかにも関心はない。この謎解きは暇な良庵に任すぜ」と兵衛が笑いながら良庵に目配せをした。

「誠四郎、今日は、いや今日も馳走になった。そろそろ退散しよう」

誠四郎は笑顔で応えながら女房のおふみを座敷へ呼び、二人で良庵と兵衛を裏木戸まで見送った。

三

本石町の鐘が鳴り九つの刻を知らせた。その鐘につられるように、庄七は視線を外へ向けた。

その目が捉えたのは、飛び込んできた一つの固まりであった。彼は一瞬にして事故が起こったことを察知した。飛脚頭の佐吉に清吉の手当を頼むと、奥座敷いる誠四郎に事故が発生したことを報告した。

誠四郎が清吉の身を案じて、次々に指示を与えた。

「清吉は怪我をしてないか？」

「直ぐに清吉をここへ寝かせろ」

「良庵先生を呼び戻せ」

清吉が座敷へ運び込まれ、布団に静かに寝かされ、埃まみれになった清吉の身体がお湯できれいに拭かれた。幸いに身体のどこにも外傷はなく、鳩尾あたりに青痣があるだけであった。

「清吉、災難だったな。打ち身だけで大怪我ではなさそうだぞ」

「済みません。私の不注意で飛脚箱を奪われました」

清吉は目に涙を浮かべた。

「この事故はお前の責任ではない。おそらく亀次でも避けられない事故だ。辛いかも知れないが、今日起こったことを順を追って話してくれ」

清吉が記憶をたどりつつ出来事のあらましを話し出すと、誠四郎、市兵衛、佐吉が一言も聞き逃さないぞ、との顔つきで聞き入った。庄七は、清吉が話す一部始終を事故覚書帖に記録した。幸いにも、清吉の懐にすませた飛脚先を消した飛脚便帳と道順の略図が残されていた。佐吉が、清吉の足取りを飛脚便帳と略図でたどりながら、飛脚先を一つ一つ潰した。奪われた書状は七通だと確認できた。

誠四郎は、庄七に七通の書状の依頼者の名前と住所をすぐに調べさせ、帳簿方の手代に次の指示をした。

「庄七から伝える客先へ、すぐに行って貰いたい。最初に、取りあえず事故のお詫びに参上した旨を伝えてほしい。起きた事故のことを正直に話すのだ。次に、代わりの書状を早飛脚で届けるからすぐお書きいただきたい、とお願いするのだ。書状を書いてもらえない場合は、どうすればよいのかを聞いてほしい。最後に、主人の私が明日お詫びに参上する旨を伝えてほしい。これ以外のことは、すべて臨機応変に処理してよい。今回の事件に関する責任は一切私が負うから、解決のために全力を挙げてほしい」

庄七がまとめた七通の書状の届け先と依頼者は次の通りだった。

届け先	依頼人	住所
廣徳寺	伊勢屋徳兵衛	元数寄屋町
蓮寿亭	糸屋儀三郎	麹町隼丁
駿河屋徳次郎	梅川	柳橋

鈴木直次郎　村田三左衛門　駿府鷹匠町
錺職半次　彫職三吉　亀沢町裏店家主文蔵
長谷川重太郎　伏見孫左衛門　番町土手三番丁
坂部亥之助　梅川　柳橋

鈴木直次郎宛ての差出人は駿府の鷹匠町の住人なので、飛脚小頭の新助がただちに駿府へ発った。駿河屋徳次郎宛ての梅川は食通の行く柳橋にある料亭で、古くからの得意先であった。もう客を迎える準備に忙しい梅川には、市兵衛が明朝行くことにした。残った四件の差出人の担当は、帳簿方手代四人へ割り振られた。

帳簿方の手代を送り出すと、誠四郎は、市兵衛、庄七、佐吉たちと対策の検討を始めた。

「この事件は奉行所には届けないで、はやぶさ屋だけで解決したい。理由は、奉行所は犯人を捕らえることが目的であって、店の信用回復につながらないからだ。奪われた七通の書状を私たちの手で取り戻し、失った信頼を回復させたい」

誠四郎は一気に言うと、三人に同意を得るかように見回した。

「最初に、飛脚箱が奪われた理由について整理してみよう。動機は次の六つが挙げられるな」

庄七が、誠四郎が挙げる項目を壁に張った紙に次々に書き上げた。

一　当店の信用を失わせる
二　当店を強請る材料にする

三　当店への恨みを晴らす
四　書状が届くと不都合が生じる
五　書状の内容を材料に客先を強請る
六　突発的な事故

「清吉に恨みを持つ者の仕業とも考えられるが?・」と市兵衛が付け加えた。

「それはないな。清吉が一人で届けることは、今朝決まったからだ」

「清吉ではなく、店《うち》の飛脚に恨み持つ者の仕業かも知れないぞ」

「それは、三に含めて検討しましょう」と庄七が提案した。

「一から三までは、当店に何らかの打撃を与えることが動機だと考えられる。四と五は、書状の内容が問題になるのだが、いずれも、お得意様に迷惑をかけることになる。六は、天災みたいなものだから、ここで議論する必要はない」

「お得意先に迷惑がかかることだけは、なんとしてでも防がなくてはならないぞ」

「飛脚便の依頼先の聞き込みや調べによって、情報を集めるのが先決だ。それを、動機の面から洗う方が解決の糸口になると思う」

次々と意見が交わされた。黙って論議を聞いていた誠四郎が最後に要約した。

「ほぼ意見は出揃ったようだ。事故を解決するためには、店の全員の協力が必要だが、独断専行だけはつつしんでもらいたい。この点を、皆によく伝えてほしい」

そのとき、妻のおふみが良庵が見えたことを知らせにきた。

良庵は清吉の診察を済ますと、怪我の状況を誠四郎に簡潔に説明した。

「清吉の怪我は、鳩尾に受けた打撲傷だけだから心配はない。湿布を日に三回張り直すだけでよい。傷跡から気付いたことが一つあるのだ。清吉を襲った者は右利きで、清吉よりも小柄な男と見ていいだろう」

誠四郎は良庵の下した推測が間違っていないと納得できた。それは、飛脚箱を左肩に担ぐことや、振り返るときは左回りにすることを、常に教え込んでいたからである。利き腕である右手をいつでも使えるようにし、飛脚箱を相手から遠ざけるためである。また、清吉の傷の位置と身の丈から襲撃者の背丈が五尺足らずだとの指摘は、手掛かりが少ないだけに参考になった。

飛び出して行った手代たちがすべて戻ったのは、一刻ほどあとであった。

最初に戻ってきたのは、元数寄屋町の伊勢屋徳兵衛へ行った伝次郎で、廣徳寺宛に出した書状の内容は父親の七回忌法要の依頼であった。伊勢屋徳兵衛は依頼状をその場で書き直し、届けるのは明日でもよいとのことであった。

次に戻ったのは、麹町隼丁の糸屋儀三郎へ行った源七であった。糸屋儀三郎の回答は、「用件は済んだから、もう何もしていただかなくても結構だ」とのことであった。

それにしても、わざわざ金を使って出した書状が届いていないのに、もう用件が済んだ、という台詞はいただけなかった。誠四郎は自分が糸屋儀三郎に会い、その理由を突き止めようと思った。源七の聞き込みによると、糸屋は今年初めの大火では運よく類焼を免れた呉服商で、番町の旗本屋敷に出入りするやり手の商人だとの評判が高いそうである。なお、宛先である蓮寿亭は上野の不忍池の辺にある、うまい鰻料理を売り物にしている名の知れた出会茶屋であった。

源七が戻った後、しばらくしてから忠吉が戻ってきた。長谷川重太郎宛の依頼者である、番町土手三番丁の伏見孫左衛門へ行ってきたのだ。伏見孫左衛門は二千石の大身の旗本で、田沼意次時代には御使番をつとめたこともあったが、田沼の失脚に連座して現在は寄合入りしていた。伏見邸では用人が応対に現れ、長谷川重太郎宛に書状を出した覚えはないから、「何かの間違い」ではないかと追い返されてきた、と忠吉は報告した。かつて幕府の要職を務めた大身旗本の用人が書状そのものを否定したからは、それ以上の問答は無用であった。しかしながら、長谷川重太郎宛の書状は、腰元風のお女中が四つ刻頃に直接はやぶさ屋へ持参し、忠吉が受け付けたものであった。依頼人の屋敷を確認したときに、お女中がよどみなく答えたことを、忠吉ははっきり覚えていた。

最後に戻ったのは亀沢町の三吉に会いに行った伊吉で、三吉が留守で会えずに戻ってきたのだった。北風の吹き込む長屋の軒下で三吉の戻るのを小半時ほど待っていたら、話し好きな隣の女房が三吉の話を始めたので、つい遅くなってしまったと報告した。

三吉は亀沢町の大家文蔵の裏店を借りていた。隣の女房の話では、三吉はお袋と二人住まいであるが、博奕が好きで、家を明けることが多く、いつ家に戻るか判らないと聞かされた。母親のおくまは入江町の小料理屋の下働きをしており、昼過ぎに出てしまうと、帰るのは夜遅くになるそうである。それから、三吉は三十前後の腕の立つ彫師だが、若い頃に博奕で身を持ち崩し、決まった親方に奉公できずにいた。ときどき仲間から回して貰う手間取りで、遊ぶ金を稼いでいた。このところ、仕事が舞い込んだらしく懐も潤ったので、本所界隈の御屋敷で開かれる賭場に顔を出しているらしい、との話であった。最後に、隣の女房が付け加えたのは、昨夜遅くに男が訪ねてきて、三吉と一緒に出掛けるのをちらりと見かけたことであった。

報告を聞き終わったとき、誠四郎は今回の事故は当初思ったよりも面倒事になるなと予感した。庄七が誠四郎の心の中を察したように言った。

「解決に時間がかかりそうですね」

誠四郎は気持ちを奮い立たせるように皆に声を掛けた。

「今日は皆に面倒を掛けたな。食事場に酒の用意がしてあるから飲んでくれ。庄七、悪いけれども、もう一つだけ仕事を引き受けてくれないか。落合兵衛の所へ行き、明日手が空いたときに、店へ来てほしいと伝えてもらいたいのだ」

「すぐまいりましょう」と庄七が応じた。

庄七がはやぶさ屋の番頭になったのは、五年前であった。その前は、北町奉行与力落合兵衛の下で働いていた小者であった。兵衛は与力として、江戸の商品や価格について諸組合を監督するのが主な仕事であった。庄七は兵衛の指揮下にあった優秀な調査の下役で、金儲けだけに汲々とする悪徳商人のカラクリを次々に摘発したのだった。それだけに、買収の誘惑も多く、中傷や誹謗を受けるし敵を作りやすい仕事であった。

誠四郎ははやぶさ屋の主人になったとき、兵衛から彼を強引に貰い受け、帳場方の責任者に据えた。そのとき、庄七は自分の下で働いていた伊吉と忠吉の二人を手代に推薦したのだった。

第二章　迷路

一

　本所の竪川に架かる二ノ橋に近い、竪川と六間堀川が合流するあたりで、男の水死体が発見された。水死体は発見した荷物運搬船に引き上げられ、両国橋の橋詰にある橋番小屋まで運ばれた。

　水死体の男は、背丈五尺、体重十三貫くらいで、小銀杏形に髪を結い、不精髭を生やし、やつれた三十歳くらいの遊び人に見えた。着古した着物は青梅縞で褪せた掛襟がついており、腰には柳絞りの六尺帯を締めていた。

　橋番小屋から使いが松井町の鬼吉親分の家へ走った。水死体が松井町の川岸あたりで発見されたからである。鬼吉親分は北町奉行所の定町廻り同心大関市之進の手札を貰っている岡っ引で、本所の回向院界隈を縄張りにしていた。

　鬼吉親分は底冷えのする早朝から呼び出されたせいか、片手を懐に入れたままの気乗りしない顔で橋番小屋に入ってきた。その後から、下っ引が同じように冴えない顔で続き、小屋の腰高障子の戸を荒々しく閉めた。

　北枕で戸板の上に横たえられた死体には、粗むしろが無造作に掛けられていた。その前に置かれた蜜柑箱の上に形ばかりの線香立てがあって、二、三本の線香がほとんど灰になりかけていた。

　鬼吉親分は、新しい線香を立て仏に軽く合掌してから、下っ引に死体に掛けられた粗むしろを取り除かせた。六尺帯を解かせ、全裸になった死体に傷がないかと丹念に調べた。切り傷も見当たらず死因ははっきり判らなかったが、鬼吉親分は水死だと断定した。死体の状態から、死亡した時刻は真夜中だろうと推定された。次に、着物の袖と懐を調べた。持ち物は、薄汚れた手拭と首に掛けられた古びた印伝の革財布だけであった。鬼吉親分は持ち物の手拭と革財布を十手で小突き回し、最後に、革財布の中を形どおりに改めた。財布の中に、一朱銀の小粒が二つと四文銭が十六枚あった。

「どうやら仏さんは物取りに襲われたのではないな」

　独り言のように呟き、下っ引に死体を元に戻させた。

「明日の朝、大関の旦那が検屍に見えるまで死体はこのままにしておこう」

　死体の検分が終わった鬼吉親分は、どっかりと板の間に腰を下ろした。残された仕事は男の身元を洗い出すだけである。

「お前らの中に、この仏さんの身元を知っている者はいないのか？」

　この問い掛けに答える者はいなかった。

「糞の役にも立たない奴らだぜ。大関の旦那はかならず仏さんの身元を知りたがるぞ」

　下っ引は責任を押し付け合うように顔を見合わせるだけだった。

「熊吉、何人か手のすいている奴を集めてこい」

熊吉が立ち去ると、鬼吉親分は水死体を発見した荷物運搬船の船頭にそのときの様子を訊ねた。船頭の証言は、次の通りであった。

——横川に架る北辻橋の先にある柳原町の屋敷へ普請用の建具を運んだ帰りで、風も吹き出したので、注意深く航行していたんだ。丁度、二ノ橋をくぐり抜けたあたりで青い漂流物に気づいた。避けるために見直したら、人がうつ伏せになって浮かんでいたんだ。慌てて、それを舟に引き上げたが、どこへ運べばいいのかまったく判らないので、取り敢えず両国橋にある橋番小屋へ舟を着けたんだ。それから仏の外に漂流物はなかった。

鬼吉親分は船頭の住まいと家主の名前を書き取ると、船頭を帰した。

間もなく、熊吉が二人の下っ引を引き連れて橋番小屋へ戻ってきた。水死体の顔をまじまじと見た二人は、「顔にはうっすら見覚えがあるんだが、身元は知らない」と頼りない返事だった。

「熊吉、お前らは手分けして聞き込みをやってくれ。遊び人に見えるが、仏さんの手に胼胝ができているから、手先を使う職人に違いないな。界隈の遊び人か夜鷹あたりに聞けば判るかも知れない」

鬼吉親分は、この事件は酔っ払った遊び人が誤って竪川か六間堀川に転落した水死事故として落着させることにしよう、と腹の中でもう決めていた。水死人の場合は、心中と明らかな殺人を除いては、事を荒立てないのが彼の方針であった。そうしてしまえば、水死人の身元を明らかにするだけで、お役御免になるからである。水死人は手掛かりが少なく、なかなか落着しないので、事件にして迷宮入りすれば悪印象が残るだけである。これは、定町廻り同心大関市之進も同じである。それに、解決しても、スカンピンの遊び人だから実入りも期待できなかった。

鬼吉親分は懐から銀煙管を取り出し、たばこ盆を引き寄せた。小屋の番人も、気を利かせてお茶を運んできた。煙草をくゆらせながら、鬼吉親分は岡っ引きの親分らしく威厳を持たせて死体を見下ろした。

「親父、寒いのに仏さんを運んだりして馬鹿らしいな。世の中不景気だと言うのに、酔っ払って川に落ちた馬鹿者のために、寒さに震えながら駆け回る子分の身にもなってみろ。一文にもならない仕事だぜ」

半刻ほどたつと、熊吉が風よけの合羽をまとって戻ってきた。熊吉たちは、本所の盛り場である東両国橋詰の楊弓屋、小料理屋や入江町、三笠町、松井町の娼家などの聞き込みに廻ったのだった。

「親分、聞き込みに走り回っても、この寒空では街を出歩く物好きはいませんよ。後は、あっしが取り仕切りますから、親分は家で酒でも飲んでいて下さいよ」

「熊吉、お前の言葉に甘えさせてもらうぜ。仕事に一区切りついたら、皆を引き連れてこい。身体の暖まる食い物と酒を用意させとくよ。」

暮れ六つの刻になっても熊吉と手下は男の身元を明らかにできなかった。

二

江戸木挽町にある飛脚問屋はやぶさ屋の朝は早い。一ノ日、二ノ日、四ノ日、八ノ日、九ノ日は、京・大阪へ定飛脚が明け六つに出立するので、まるで戦場のようであった。配達する書状は、飛脚便帳と一緒に、小半時ほど前に飛脚方の佐吉親方から定飛脚や町飛脚たちに渡されていた。

江戸市中の木戸が開く明け六つの鐘を聞くや、飛脚たちがいっせいに店を飛び出していく。一番早く店を飛び出すのが町飛脚の亀次である。早朝に届ける〈朝入り〉と指定された書状や、為替が入っている〈手形入り〉を、本両替町と駿河町の両替商へ届けるためである。大阪や京から届く米相場や金銀相場の情報は、一刻も早く届けなければならないし、もちろん間違いは許されない。

誠四郎は遠くから聞こえる店の喧噪を聞きながら、ゆっくり床を離れた。目覚めてからも、飛脚箱を取り戻す手立てを考えていたのだった。

午前中は、元数寄屋町の伊勢屋徳兵衛宅へ詫びに伺い、続いて、麹町隼丁の糸屋儀三郎を訪れ、彼の意図を掴むことにした。九つ刻に落合兵衛が来宅するので、昼飯を挟んで今回の事故について助言をもらう手筈になっている。午後は、残った客先を廻り、時間に余裕が生まれれば伏見孫左衛門の対応策を考えることにした。

食事を済ますと、誠四郎は妻のおふみに顔を当たらせた。冷たい剃刀の刃が顔をすべる感触が緊張感を生み、冷たい手拭で顔をぬぐうと、闘志がみなぎってきた。

誠四郎は庄七を呼び、忠吉に伏見孫左衛門についての聞き込みに行かせることや、伊吉に三吉が亀沢町の裏長屋へ戻るの見張らせるよう、指示した。

四つ刻の鐘が鳴った。誠四郎は用意させた宿駕籠に乗って元数寄屋町へ向かった。駕籠には、手土産に持参する鳥飼和泉の饅頭箱が二つ用意されていた。

数寄屋橋御門へ向かう駕篭は、尾張町、元数寄屋町を進んで行った。江戸の名のある大店が並ぶ重厚な町並みは生き生きと活力に満ちていた。御門越しに黒い松に彩られた千代田の城が望めた。

伊勢屋の手前で駕篭を降りた。奇麗に掃き清められた店先には水が打たれ、清々しい雰囲気が漂っていた。

伊勢屋は大名屋敷や大身の旗本屋敷に出入りする呉服商だけに、店構えは小さいが風格のある店であった。小僧が腰をかがめて挨拶をした。誠四郎の姿を見かけた番頭がすり足で近づいてきた。

「お出でなさいませ。はやぶさ屋のご主人でございますか。お待ちしておりました」

「はやぶさ屋の誠四郎でございます」

誠四郎は挨拶を返して、番頭に従った。奥座敷に通された誠四郎は、徳兵衛に事故で迷惑をかけた詫びを丁重に述べた。

「ご丁重なるご挨拶をいただき、かえって恐縮いたします。避けられない災難に逢われたことをお見舞い申しあげます。廣徳寺へは改めて用向きをお伝えいただくよう、昨夜お願いいたしましたので、よろしく願います」

相手の心情を思いやる徳兵衛の対応に、誠四郎の心は和んだ。

駕篭は山下御門を右に見ながら城濠に沿った山城河岸を進み土橋を渡った。徳川家御親藩の大屋敷があたりを威圧するように並んでいる。外桜田と呼ばれる屋敷町である。一月に大火に見舞われ屋敷から、普請の木の香りが漂ってくる。伊井掃部頭邸、三宅対馬守邸、松平兵部大輔邸を過ぎると、半蔵御門が見えてきた。

御門の前の町屋が麹町であった。挨拶に出た糸屋の番頭に用向きを伝えると、しばらく待たされたあとで奥へ通された。冷たい雰囲気が肌を刺した。

挨拶に出てきた儀三郎は、五十過ぎの男で、二十貫近い巨体であった。脂ぎった顔は、誠四郎を見下げはてた奴と見くだしていた。

「昨日見えた番頭さんへお話した通り、用件はもうすみました。しかし、ご主人がわざわざお越しになりましたので、一言申し上げます。はやぶさ屋では飛脚という商売をどのようにお考えなのでしょうか。依頼された書状を市中で奪われたとは呆れ果てましたな。商人が約束したことを違えるのは無能の証しだと思いますが、いかがでしょうか。それに、私どもの秘密が外部にもれたら、どう責任を取られるのかお聞かせください」

儀三郎の語調には、諭すと言うよりも咎める気持ちが皮肉たっぷりに現れていた。

「糸屋さんが申されることはごもっともでございます。ご迷惑をかけた責任は果たしたいとぞんじます」

誠四郎は深く頭を下げた。

「詫びればすむとお考えのようですね。私の受けた損失はどうなるのでしょうか?」

「こうむった損失は責任をもって補償いたします」

「百両と申し上げたら、どうなさいますかな?」

「百両をお払いいたします。ただし、その証拠をお示しいただきたいと思いますが……」

「馬鹿なことをおっしゃらないでくださいな。当店の商売上の秘密を赤の他人であるはやぶさ屋に漏らすことは、百両どころか千両の損失をこうむることになります。とてもできる相談ではありませんな」

「本日、私が伺いましたのはお詫びを申し上げることでございます。補償の件については、後日あらためてご相談にまいります」

誠四郎はもう一度深く頭を下げた。

「それでは、またのご来訪をお待ちいたしましょう」

儀三郎はうす笑いを浮かべ、もう帰れと言わんばかりの態度をあからさまに見せた。

誠四郎が店を出たとき、番頭が饅頭箱を手にして追ってきた。

「うちの主人がはやぶさ屋の忘れ物だと申しておりました」

「ありがとうよ。ご主人にくれぐれもよろしくお伝えください」

誠四郎は駕篭屋に店へ戻るよう指示した。駕篭が走りだすと、彼は糸屋での話を反復してみた。儀三郎の言い分は正しく、非はない。正論を吐いているのである。しかし、損失を補填させるだけではなく、誠四郎を窮地に陥れる攻撃を仕掛けているように思えた。が、なにを狙い、なにを得ようとしているのかは、読み取れなかった。

ふと耳をそばだてると、前駕篭が、「兄貴、風がきつくなってきたぜ」と後駕篭へ言うのが聞こえた。肌を刺す風がこれからの厳しい展開を暗示していた。

誠四郎は庄七を呼び、午前中のやり取りを覚書帖に書き取らせた。

「庄七、糸屋のやり取りからなにを感じたか聞かせてくれ」

「なぜか、糸屋の対応にはトゲが感じられますね。糸屋は店《うち》の得意先でもありませんし、当店をおとしいれる理由はどこにも見当たりません。今回の依頼は、通旅籠町の大黒屋さんの紹介で初めて受けたものですし……」

「ふむ。糸屋の意図を見抜くことが最優先になるな。庄七、すまないが儀三郎の身辺をよく洗ってみてくれないか」

「ただちに調査を始めましょう。それから、午前中に湯島同朋町の鈴木直次郎様について調べました。彼は材木問屋遠州屋の隠居で、骨董品の大層な目利きだそうです。とくに、茶道具に関しては骨董屋が一目置くほどの鑑定眼を持っている、との噂です。従って、駿府の村田三左衛門の用件は、茶道具の取引に関係するものと推定できますね」

「それはご苦労だったな。事前に調べをすませて置くと、駿府からの報告があったときに、ただちに行動に移れるからな」

　廊下を大股で歩く音が聞こえてきた。

「落合様がお見えになったようです」

庄七と入れ違いに、余りの寒さに首をスッポリと羽織の中に入れた、落合兵衛が座敷に入ってきた。

「いやな風だぜ。まず飯だ。相談事は昼食のあとだ」

熱いお茶で一息ついていると、おたけが、日本橋浮世小路の百川から取り寄せた卓袱料理の弁当を運んできた。

「寒くなると、卓袱料理に勝るものはないからな。さっそく御馳走になるぞ」

食後のお茶に、口直しの饅頭が添えられていた。

「おぅ、好物の鳥飼和泉の饅頭だぜ。饅頭怖い！　お茶怖い！」

兵衛はおどけて見せてから、饅頭を一つつまんだ。当時の江戸で有名な饅頭屋は、本町の鳥飼和泉、浅草の鶴屋、日本橋の塩瀬、新和泉町の虎屋があった。中でも、鳥飼和泉は評判の老舗で、「鳥飼は下戸の建てたる倉作り」と川柳に詠まれるほど繁盛していた。

誠四郎は、昨日の清吉の事故のあらましと、その対応を兵衛へ簡単に説明した。

「この件については、奉行所へは届けずに、私の店だけで解決したいと思っている。今回の事故は店の信用に係わる問題でもあり、奪われた書状を一日も早く回収することに全力をあげたい。奉行所からお咎めがあれば、甘んじて受ける積もりだ。兵衛に迷惑は掛けない」

「俺は吟味方与力でなければ、当番方与力でもない。それに、俺は与力としてではなく、お前の友人としてここに居る。勝手にやればよい。ところで、友人としてなにを助言すればよいのだ？」

誠四郎は、食事の後片付けをしているおたけに庄七を呼ぶよう命じた。庄七が覚書帖を持って座敷へ現れた。覚書帖には、市兵衛が確認した梅川の依頼内容が書き加えられていた。梅川の書状は勘定請求書であった。誠四郎は、届け先と依頼先を書いた紙と動機をまとめた覚書帖を、兵衛の前に広げた。

「七通の書状の依頼人と届け先は、ここに書いてある通りだ。書状の内容を知っている依頼人に協力を求めたところ、三通は解決した。残りの四通のうち、二通は不協力、一通は依頼人が不在、一通は遠方の駿府なので、二日後に判明する予定になっている」

「その三通はどうなのだ?」

「糸屋儀三郎は意図的に事故の責任を問題にしている。糸屋儀三郎の調べは庄七にやらせるつもりだ。伏見孫左衛門は書状そのものを否定している。すでに、伏見孫左衛門の屋敷については、忠吉を聞き込みに行かせた。彫職三吉は博奕好きの風来坊で行方が判らないから、伊吉に三吉の長屋を張り込ませてある。ここから、解決の糸がほぐれてくれることを期待しているのだ」

「あまり先入観に囚われると、迷路に入り込むぞ。それを忘れるな。庄七、覚書帖をもう一度見せてくれ。事件を頭にきちっと入れたいんだ」

兵衛は覚書帖を読み、いくつかの確認を誠四郎と庄七に求めた。伏見孫左衛門の屋敷から来た奥女中とのやり取りや手代源七が糸屋へ行ったときのやり取りについて、念入りに聞いた。

「伏見孫左衛門の場合は、書状そのものを否定した理由が鍵だな。用人が応接に出てそのように申したのは、書状自体が殿様か奥様にかかわるものであったからであろう」

「なぜ、書状の存在が問題を起こすのですか?」と庄七が訊ねた。

「お前の欠点は色事に弱いことだな。仮に、誠四郎がおふみさんに内緒で、恋しいお方へ文をしたためたと思え。使いの者がその文を届ける途中で紛失したので、大きな声で報告したらどうなる。誠四郎はとぼけて、俺は文など出しておらんと言うに決まっとる。誠四郎、そうだな?」

誠四郎は苦笑するだけであった。

「手紙をわざわざ奥女中が持参したことは、手紙の主が奥様であること物語っている。奥女中は河原崎座あたりの顔見世興行の芝居見物にかこつけ、はやぶさ屋へ立ち寄ったに間違いあるまい」

「なるほど……」と庄七は素直に相槌を打った。

「おそらく屋敷内の不行跡を隠すために、書状は出していない、と否定しなければならなくなったのさ。これが俺の結論だ」

庄七が兵衛の推理に得心したとき、おたけが伊吉が戻ったことを伝えにきた。誠四郎はすぐ座敷へ呼ぶように命じた。

「伊吉、寒い中ご苦労であったな。熱いお茶で身体を暖めてくれ」

伊吉はお茶をゆっくり飲み終わると、報告を始めた。

「三吉はまだ戻っておりません。代わりに、母親のおくまが昼飯の支度を始める頃になって、やっと口を開きました。このところ三吉は浮世絵の仕事が貰え、懐が暖かくなったので、入江町で娼婦を買ったり、博奕に耽ってたりで、家を空けることが多くなったそうです」

「ふむ」と兵衛が先を促した。

「一昨夜は、珍しく六つ半頃長屋に戻ってきて、風邪気味で仕事を休んだ母親に、近く大金が転がり込むから着物の一枚でも買ってやると喜ばしたそうです」

「三吉はなにか胡散臭いことを種に、金を稼ごうとしていたのかも知れぬな？」と兵衛が独り言のように呟いた。

「二人で残り物を肴に酒を飲んでいたら、四十年配の男が三吉を尋ねてきたそうです。行灯の光りが届かない暗がりで、声をひそめて話をしていたので、人相などははっきりしなかったと言っていました。『親方』と言った三吉の声だけが耳に残ったそうです。三吉はその男と家を出ていったきり、家に戻っていません。三吉が家を離れたのは、五つの鐘を聞いたあと、しばらくたってからだ、と言っておりました」

兵衛が伊吉に訊ねた。

「おそらく三吉が回してもらった仕事は浮世絵の版下彫りだな。どこの版元の仕事だったかをお袋は言わなかったか?」

「母親は、三吉の仕事についてはなにも知りませんね」

「三吉に問いただせば判ることだが……三吉がいつ戻るか判らないならば、俺が絵草紙問屋の行事に、近ごろ許可になった浮世絵の版元がどれだけあったかを聞いてみよう。糸屋儀三郎についても、できるだけ早く調べてみることにする」

兵衛は江戸の商人を監督する与力であるから、商人の人脈に明るく顔も広い。

「手掛かりは、早ければ早いほど有り難い。よろしく頼む」

「誠四郎、俺はこれから奉行所に戻るぞ。わかり次第すぐ知らせよう」

兵衛が帰ったあと、誠四郎は糸屋儀三郎の身辺調査の方法について、庄七と打ち合わせをした。

三

糸屋の取引先を調べるために、庄七がはやぶさ屋を出たのは七つ刻過ぎであった。

日本橋の白木屋呉服店へ行き、白木屋嘉右衛門に会うことにした。嘉右衛門は呉服問屋仲間の頭取であったから、彼の口利きによって、糸屋儀三郎が取引している呉服問屋を紹介してもらう腹積もりであった。嘉右衛門は、庄七が北町奉行与力の落合兵衛の下で働いていたことを良く覚えていたので、快く組合の書役に引き合わせてくれた。書役は白木屋の手代であった。

糸屋が仕入先にしている呉服問屋は、尾張町で手広く商いをしている京出店の恵比須屋であることが判った。庄七は大店が立ち並ぶ日本橋通りを足早に南に向かった。京橋際の山東京伝の煙草入れの店では数人の客が買い物している姿が見えた。新両替町を進めば尾張町で、恵比須屋はその四丁目にあった。

大店は朝も早いが店じまいも早い。恵比須屋の店先は客はまばらであった。庄七は挨拶に出た番頭に事前の連絡もなく訪れた非礼を詫びてから、白木屋の手代が書いてくれた紹介状を差し出した。書状は恵比須屋八郎右衛門への宛名で、組合の書記役である白木屋の手代の名が裏面に記されていた。

恵比須屋八郎右衛門に初対面の挨拶が済むと、庄七は単刀直入に用件を切り出した。

「手前どもの主人誠四郎が挨拶に参上すべきところ、使用人である私が参上いたしましたご無礼をお許しください。手前どもは飛脚商を営んでおりますが、このたび、麹町の糸屋儀三郎様とお取引をいただくことになりました。それで、恵比須屋さんとお取引のある糸屋さんのことを教えていただこうと、勝手ながら参上いたしました」

「ご丁寧なご挨拶恐れ入ります。はやぶさ屋さんのお噂はかねがねお聞きしております。飛脚商の新しい行き方を模索なさり、得意先は役に立つ情報を伝えてくださると喜んでいなさるそうですな。これからの時代は、商人が世の中を支えていかなければなりません。どうか、恵比須屋ともご懇意賜りますよう、御主人にお伝えください」

「恵比須屋さんのお言葉を、主人もさぞ喜ぶこととぞんじます」

「さて、ご用向きの件に入りましょうか。確かに手前どもは麹町の糸屋さんとは昵懇な間柄でございました。儀三郎さんは、麹町でも一、二を争う呉服店になるまでは、商売熱心な素晴らしい商売人でした。ところが、最近では糸屋さんとの取引は少し疎遠になりました」

「なぜ、そうなったのでしょうか?」

「お金がたまるに従い、人が変わったようにお金に汚くなり、利益一辺倒になってしまったのですよ」

ここで、八郎右衛門は話しを躊躇するかのようにお茶で口を潤した。

「札差しへお金を融通することを始めてからは、一層お金に執着するようになりました。松平越中守がお侍を救済するために旗本や御家人への貸金を放棄させてからは、金の亡者になりましてね。陰口を言うようでお恥ずかしいのですが、一度取り交わした取引でも、儲からないと平気で破るようになりました。人使いも荒く、使用人も居着かないと聞きましたが」

八郎右衛門の語り口は重くなり、恥部に触れてしまったような憂い顔を見せた。

「糸屋さんの呉服の商いはどうなのでしょうか?」

「以前は、呉服の素材にも気を配り、お客様の懐具合にあった品物を薦めておりました。ところが、最近では見栄えのする、利がのる呉服ばかりを扱うようになりました。そこが、当店の商売と合わなくなった原因だと思います。糸屋さんがお客様の信用を損ねることは、恵比須屋の信用をも失墜させることにつながりますからね。なんどかご忠告を申し上げましたが、お聞き入れになりません。仕方なしに、少しずつ取引を減らしておりますが、皮肉なもので、糸屋さんへ色目を使う呉服問屋も出てまいりました」

「大黒屋さんがそうなのでしょうか?」

「大黒屋さんと私の店とは取り扱う呉服の種類が違いますから、なんとも申し上げられませんね」

「もう一つだけお聞かせ下さい。立ち入ったことになりますが、糸屋さんの金繰りの具合はいかがでしょうか?」

「そのことは、商人の信用に係わることでございますからご容赦ください。ただ一言申し上げるならば、幕府から貸金の棒引きを命じられてからは、一段と苦しくなったとの噂を耳にいたしております」

八郎右衛門が初対面の庄七に糸屋儀三郎のことをここまであからさまに語ったのは、はやぶさ屋に対する好意と儀三郎への侮蔑が複雑に入り交じっていたからであった。

「話しづらいことをよくもお聞かせくださいました。有り難うございました」

庄七は心から感謝の意を述べ、恵比須屋を辞した。

真冬の日暮れは訪れが早い。落ちかかる夕日に照らされた千代田の城の巨大な姿がくっきりと見えた。美しく晴れ上がった夕空は、好天気が続くことと冷え込みが一段と厳しくなることを告げていた。

庄七は、糸屋に関する調べが順調に滑り出したことにほっとしていた。明日は、麹町の町名主と檀家寺へ行き、糸屋儀三郎の係累について調べることにした。はやぶさ屋へ戻っても、庄七は糸屋に関する調査内容を誠四郎に一切伝えなかった。中途半端な報告で、誠四郎に予断を与えたくなかったからである。印象の強い事柄だけが心に残り、冷静な判断が下せなくなることを避けたのだ。誠四郎もなにも聞かなかった。

翌朝、庄七は昨夜やり残した帳簿方の仕事を精力的に片付けた。午前中に麹町の町名主を訪ねる予定を立てていたからである。麹町は戸数四百戸余りで、町名主の作兵衛は酒屋を営んでいた。

江戸八百八町の市政は、江戸町奉行を頂点にした、町年寄―町名主―家主―五人組というピラミッド組織で運営されている。名字帯刀を許された樽屋藤左衛門、奈良屋市右衛門、喜多村弥衛門の三人の町年寄が、二十一組の町名主と六十五組合の問屋仲間を統括していた。はやぶさ屋は飛脚業を単なる書状や小荷駄の配達業としてではなく、いろいろな情報を収集、伝達する仕事へと広げていたので、誠四郎は三町年寄だけではなく二十一組の町名主との接触を深めていた。このことが麹町名主小西屋作兵衛への訪問を容易にした。

作兵衛は庄七の問に率直に答えてくれた。

「糸屋儀三郎さんの父親は甲州の糸紡屋の出で、江戸の大伝馬町の木綿問屋伊勢屋の奉公人だった、と聞いております。四十過ぎに独立して、担ぎ呉服の商いを始め、伊勢屋の口利きで麹町の界隈を歩き廻ったのです」

作兵衛は昔を懐かしむように続けた。

「儀三郎さんは子供の頃から利発で、父親の商売のやり方を見様見真似で覚えたようです。父親が急死したあとは、得意先を引き継ぎ、如才のなさと流行を嗅ぎ取る才覚でみるみる得意先を増やし、三十歳の頃に裏店ながら店を構えました。尾張町の恵比須屋の引き立てを受けてからは、旗本屋敷に出入りがかない、間もなく表店へ移りましたね」

作兵衛はここで一息入れた。

「伊勢屋の取引先である本所深川の足袋商の柏屋与市の娘おつやを嫁に迎えたのも、その頃と記憶しておりますよ。その持参金を資力にして商いを拡大できたことが、今の隆盛につながったのだ、と口のさがない者が言っておりますね」

「ご親族はどうなっておりますか？」

「母親は寝たきりの病人です。女房おつやの実家は零落してしまい、弟が深川の裏店で小さな足袋屋をやっているそうですが、今では親類付き合いをしていません。儀三郎さんらしいやり方だ、と陰口を叩かれていますよ」

「ご子息と娘さんは？」

「息子の儀一郎は伊勢屋の手代見習いとして修行中で、近いうちに糸屋へ戻ると聞いております。上の娘は、昨年春に大黒屋へ嫁入りしましたね」

庄七はいきなり頭を殴られたような衝撃を受けた。大黒屋は通旅籠町の呉服問屋ではやぶさ屋の古くからの得意先であった。その大黒屋の紹介で糸屋から飛脚便を依頼されていたのに、両家の関係をもっと早く調べなかった自分の迂闊さが腹立たしかった。

「下の娘も近々縁付くとの噂が流れていますね」

「どちら様かごぞんじでしょうか？」

「確かなことはまだ聞いておりません」

庄七は深川の足袋屋と娘の名前を懐帳に書き留めた。下の娘おやえの嫁入り先は、軽口の叩ける間柄の大黒屋の番頭八助に直接聞くのが早いなと思った。

四つ半過ぎの通旅籠町は、どこの店も買い物客でごった返していた。通旅籠町は江戸へ来る商人宿の街で、地方向けの商品を商う問屋や小売店が軒を連ねていた。

大黒屋は中級品の呉服類を取り扱う問屋なので、店先まで正月用衣類の商い客があふれていた。庄七は顔見知りの小僧に頼み、番頭の八助を呼び出した。昼時に食事を一緒にとる暇があるかを訊ねると、「忙しいときこそ、うまい昼飯が食いたい」と八助はすぐ快諾した。

八助と落ち合ったのは馬喰町にある蕎麦屋の笹屋で、名物の鴨南蛮を注文した。笹屋の鴨南蛮は、ネギを一寸五分ばかりに切り、縦に割ってから油でいためため、鴨の肉を加えた蕎麦である。地方訛りの言葉が入り乱れる蕎麦屋の会食は居心地がよいものだが、舌を焼くような熱い鴨南蛮をフーフーさましながら食べるのは、冬の楽しみの一つであった。

「冬は笹屋の鴨南蛮に限るぜ。とくに、商売の書き入れどきには、精がつき疲れが取れるんだ」

「今日は八助さんが付き合ってくれたので、久しぶりにうまい蕎麦が味わえましたよ。私の店は木挽町だし、笹屋の鴨南蛮が食べたくても、ちょくちょく来られないから……。ところで、お宅の若旦那のお嫁さんは、麹町の糸屋さんからお貰いになりましたね?」

「その通りさ。昨年の春におさちさんが輿入れしたんだ。おさちさんのお話しでは、妹御のおやえさんも来春嫁にいくと聞いておりますよ」

庄七は思いも寄らない話の展開に思わず頬がほころんだ。

「さぞかし大店の若旦那のところへまいるのでしょうね?」

「伊勢屋半兵衛さんの縁結びで、神田三河町の加賀屋さんと聞いております」

「神田三河町の加賀屋さんですか……」

加賀屋の名を聞いたとき、庄七は愕然とした。神田三河町の加賀屋甚七は六飛脚屋仲間の神田組に属する同業者であった。しかも、加賀屋甚七は老舗の飛脚屋の旗頭で、新しい飛脚業を模索するはやぶさ屋誠四郎のやり方をかねてから苦々しく思っているのだった。

「これはうっかりしました。加賀屋さんは、はやぶさ屋さんの商売敵でしたね」

「大黒屋さんが加賀屋さんと縁続きとなっても、私どものことを忘れないで、贔屓にしてくださいよ」

庄七は少しおどけた調子で八助に言ったあと、鴨南蛮の勘定を払って別れた。もう糸屋の檀家寺へ行かなくてもよいと判断した。

庄七がはやぶさ屋へ戻ったとき、誠四郎は帳場で書き物をしていた。

「ご苦労さん。お前の代わりは勤まらないが、帳面を少し整理しておいたよ。なにか言いたい顔をしているな。奥へ行こうか」

庄七は、二日間にわたる糸屋儀三郎の身元調査の報告を簡潔に述べてから、結論に触れた。

「あの日に、糸屋儀三郎は当店の町飛脚が上野方面へ走ることを当然知っていました。でも、清吉を襲わせるほど愚かだとは思いませんね。しかし、加賀屋との縁談話から、今回の当店の難儀に喝采を送り、利用するのは当然です」

「今回の事故は、調べが進むほどにますますもつれてくるな。お前が調べてくれた材料を十分に咀嚼してから、糸屋儀三郎との最終決着の策を練ろう」

「あとは、誠四郎さまにお任せいたします」

四

駿府へ出した飛脚小頭新助が足掛け四日で戻ってきた。厳しい寒さが続いたものの、好天であったことが幸いしたのだ。飛脚にとって一番の敵は雨であり、寒さはむしろ味方である。ただ、三左衛門が藤枝の在へ出掛けていたので、半日ほど時間を無駄にしたのだった。

村田三左衛門はかつて駿府御勤番を務めた小身の旗本で、今は隠居の身であった。すでに還暦を過ぎた老人であったが、表千家茶道を嗜み、隠居仕事ながら茶道具の斡旋をやっていた。

新助は駿府鷹匠町に住む村田三左衛門に会うと、今回の事故についてありのままに説明した。三左衛門は新助の話を聞くや顔色を変え、自分は求めていた志野茶碗を手に入れるために手紙を湯島同朋町の鈴木直次郎へ出したのだと言った。三左衛門はすぐにその場で事情を書きしるすと、筆をとった。その書状には、次のことがしたためてあった。

三左衛門は前から志野茶碗を探し求めており、いろいろな伝を使い、志野茶碗の出物があったら知らせて欲しいと頼みこんでいた。先月末に、古くから交友であった鈴木直次郎から、志野を入手したので買わないか、との知らせを受けた。ただちに茶碗の形、釉、焼や窯元などの問い合わせの手紙を出した。その返書が届き、問い合わせた志野茶碗が自分の求めていた条件に合っていることを知らせてきた。手紙には、この志野茶碗を求めている別の茶人がいるので、十一月十五日までに返事があれば、優先して三左衛門に売り渡すと記載されていた。購入したい旨の返事を、亀屋という便利屋へ依頼した。亀屋は、「正確さと迅速さ」を売り物にしているはやぶさ屋だから、期日までには間違いなく届くと太鼓判を押してくれた。

書状の結びには、はやぶさ屋は志野茶碗を三左衛門へ渡す責任があるとしたためられてあった。

誠四郎は大番頭の市兵衛を呼んだ。

「市兵衛さん、これから、湯島同朋町の鈴木直次郎様のお宅へ行ってもらいたい。駿府の村田様の書状の内容は志野茶碗の買い付けの申し込みで、しかも、その申し込み期限は一昨日の十五日だったのだ。期日は過ぎたが、この取引を成り立つようにしなければならない。どんな犠牲を払っても、村田様に志野茶碗をお渡しするんだ」

市兵衛は早駕籠を誂えると、湯島同朋町へただちに向かった。一刻ほどで、市兵衛は同じ駕籠で戻ってきた。

「鈴木直次郎様はご在宅でした。直次郎様が申すには、志野茶碗はすでに売り渡したそうです。昨日、志野茶碗が欲しいと申された方が、『期限の十五日までに村田様からの申し入れがなかったのだから、当方にお譲り下さい』と談判に見えたので、直次郎様は『十六日までは村田殿の返事を待ちたい』と一旦お断りになった。すると、今朝の明け六つの鐘が鳴ると同時にまた訪れ、強引に持ち帰ったそうです」

「どなたにお譲りになさったのかお聞きしたのだろうな?」

「お聞きしたところ、第三者であるはやぶさ屋へ漏らすことはできないと、見事に断られました」

「なるほど、骨董屋が直次郎殿を信頼する話は本当だな」

「これで引き下がっては子供の使いと同じになりますから、志野茶碗の銘を後学のためにお教えいただくようお願いしました。銘は初日で、名品中の名品として知られた朝陽を模した茶碗だそうです」

「それは上出来でしたね。市兵衛さんに行ってもらった甲斐がありました」

誠四郎は市兵衛の労をねぎらうと、隠居所へ義父の伝右衛門の手が空いているかを、おたけに聞きに行かせた。隣の小間物問屋の隠居と碁を打っているから、あと半刻はかかるとの返事であった。

伝右衛門は趣味の広い教養人で、茶道や絵画に明るく、囲碁や川柳にも秀でていた。しばらくすると、おたけが左兵衛さんがお帰りになったと伝えにきた。

「事故の解決が長引いていると市兵衛から聞いているが、苦労をかけるな。私に手助けすることがあれば、遠慮なく申してくださいよ」

誠四郎は、鈴木直次郎と村田三左衛門の志野茶碗の売買に絡む経緯を説明した。

「私は、お義父さんのように多趣味でないので、仕事以外の問題が起こりますと困惑してしまいます。実は、志野茶碗について教えていただきたいのです」

「志野茶碗は桃山時代に美濃の国に生まれた茶碗でな。暖かな柔らかさと、しっとりとした優しさがある。目で感じる薄い茶色の素地に雪白な長石釉のかかった色合いの美しさだけではなく、手のひらで感じる細かいひび割れの感触がたまらないのだよ。だから、志野茶碗の素晴らしさを本当に味わうには、茶碗に直接手を触れなければ駄目なのだ」

こう言うと、義父はうしろの茶棚から茶碗を一つ取り出した。

「これが志野茶碗で、お前が話してくれた銘朝陽を模したものの一つだ。この茶碗は、高麗茶碗を写した割高台と、全面に赤みの濃い志野釉を総がけしているのが特徴だ」

誠四郎が両手でおそるおそる茶碗を受けると、全体に薄作りながらもずしりとした重みを感じた。赤みのある茶色の素地に薄く、あるいは濃くかけられた白色の釉の微妙な濃淡の色合いが美しい。それに、すっぽりと手のひらにおさまった茶碗の肌が心地よい。

「不思議なことに、冷たい筈の茶碗の肌が妙に暖かく感じるだろう。志野茶碗の肌は、人肌と似通った感触があるのだ。お前の好みはおふみの肌の方かな?」

「まだ、私にはこの茶碗の本当の美しさは判りませんが、手に残る微妙な感触はなんとも言い表せませんね」

「茶碗の素晴らしさはおいおい判るだろう。それに、好みの茶碗を使って心を通わせた友と一期一会の茶を飲むのが、茶道の最高の楽しみなのだよ。茶碗はたんなる茶道具ではなく、自分の分身のように思えてくるのだ」

誠四郎は志野茶碗を義父に返すと、本題に入った。

「初日を買い求めた者を探し出し、茶碗を買い戻して、村田三左衛門様へお渡ししたいのです。このために、お義父のお力にすがりたいのです」

「判った。私の道楽の茶道が役立つのなら、喜んで協力させてもらうよ」

この言葉を聞いたとき、誠四郎は難問の扉が少し開いた気がした。

第三章　展開

一

三吉の死体が発見された翌朝、鬼吉親分から報告を受け取った大関市之進は、五つ刻に検屍のために橋番小屋へ出張った。定町廻り同心である大関市之進は、この年の春に五十歳を迎えた老練な探索者であった。しかし、寛政の改革がもたらした不景気風で多発する凶悪事件に追われるだけに、大関市之進は小犯罪には関心が薄かった。

大関市之進は、鬼吉の簡単な報告を聞いてから、水死体を一瞥するなり、酔っ払って川へ落ちた事故死だと判定を下した。その上で、水死者の身元を洗い出すために、連れてきた絵師に死人の人相を描くよう命じた。絵師は手慣れた筆使いで瞼を閉じた死顔をまるで生きているように描いた。それが済むと、大関市之進は鬼吉親分に早く身元を明らかにした事故報告書を奉行所へ届けるよう命じて、帰ってしまった。

聞き込みで、手掛かりを掴んできた手下がいた。入江町の娼家で聞き込んだもので、亀沢町に住んでいる職人かも知れないと漏らした娼婦がいたのだ。鬼吉親分はその手掛かりに賭ける気になった。賭けると言うよりも、それ以外に頼れる情報がなかったのである。鬼吉親分は手下を引き連れて、入江町の娼家へ出向いた。娼家の女将は鬼吉親分の名を聞き知っていたので、まだ寝ている娼婦のおきちを無理に叩き起こし、鬼吉親分の前に連れてきた。

おきちは、五日前の亥ノ刻に三朱の約束で泊まった客の顔かたちが鬼吉親分の持ってきた人相書によく似ていると証言した。男は、名前や職業は言わなかったが、寝物語に亀沢町に住む一人者だと漏らした。博奕で勝った験のいい日だったと、印伝の革財布を自慢げに見せたそうである。男をよく覚えていたのは、精力の強い床上手な男で、胼胝のある手のひらで躯中を撫ぜまわし、朝まで寝かしてもらえなかったからであった。

鬼吉親分は、昨日より一人多い五人の手下を動員して、男の人相書を持たせ亀沢町の裏長屋の家主を一軒一軒聞き込むよう命じた。亀沢町は、回向院の裏手に建ち並ぶ旗本屋敷と幕府の本所御米蔵に挟まれた町屋であった。昔ここにあった亀沢池の古跡が町名の由来で、御米蔵のそばにある馬場には夜鷹がたむろすることで知られていた。

その頃、伊吉は亀沢町の西角にある自身番小屋から三吉が家に戻るのを見張っていた。飛脚の仕事で顔見知りになった自身番の書役信吉に、小屋に入れて貰ったのである。自身番小屋の二軒先が裏長屋の入り口であった。入り口の所にある小間物屋の紅屋が裏長屋の家主であった。伊吉が腰を伸ばそうと〈亀沢町〉とかかれた腰障子を開け外へ出たとき、身体を丸めこちらへ小走りでくる下っ引の姿が見えた。下っ引は躊躇せずに紅屋へ入った。間もなくすると、相生町の方へ戻って行った。

およそ四半時あとに、さっきの下っ引を先頭に、寒さ除けの合羽をまとった三人が足早に来るのが見えた。伊吉は、その中に顔見知りの鬼吉親分がいるのに気がついた。

下っ引の一人が紅屋へ入ると、紅屋の番頭で長屋の差配をしている卯三郎を伴って出てきた。そのまま彼等は長屋へ進んだ。伊吉は慌てて自身番小屋を出た。

伊吉の耳に三吉の家から悲鳴に近い叫び声が聞こえてきた。ほどなくすると、鬼吉親分と卯三郎に抱きかかえられたおくまの姿が現れた。おくまは老婆のように足を引きずりながら、手拭を血の気の失せた顔に押し当てたまま「三吉。三吉よ……」と呻いていた。

鬼吉親分はうなだれたおくまを両国橋の橋詰にある橋番小屋へ連れていった。身を刺すような川風が吹き荒んでいるのに拘わらず、物見高い野次馬が入り口の前に集まっていた。野次馬の数は次第に増え、やがて十数人にもなった。彼らの噂話によると、昨日竪川で男の土左衛門が引き上げられたそうである。どうやらその身元が判ったらしく、仏の母親がさっき連れられてきた老婆だと彼らは囁いていた。

小屋の腰高障子が突然開いたので、戸口に群がっていた野次馬があわてて道をあけた。若い下っ引が「どけ、どけ」と叫びながら飛び出し、両国橋の方へ走りだした。

しばらくすると、早桶を担いだ非人らしい男と一緒に足早に戻ってきた。そうこうする内に、また戸口が開き、早桶に通した棒を重そうに担いだ非人と番人の姿が現れた。あとから差配の卯三郎が、来たときと同じようにおくまを抱きかかえながら出てきた。鬼吉親分と手先たちが橋番小屋の戸口で合掌し早桶を送り出した。悲しさで消耗しきったおくまはうつろな目で足元を見つめたまま、鉛のような重い足取りを重ねていた。

伊吉は死因などを正確に確認しなければならなかったが、取りあえず三吉が死んだことを主人へ知らせるべきだと判断した。

二

誠四郎は、三吉が竪川へ落ち溺れ死んだことを聞かされたとき、この事件は一筋縄では解決できないと感じた。すぐに大番頭の市兵衛を呼び、伊吉と一緒に今夜三吉の家へ通夜に行くよう命じた。

暮れ六つの鐘を聞いた市兵衛は、出掛けようと、伊吉へ声を掛けた。伊吉は通夜に二升徳利と野菜の煮付の折りを二組用意した。外へ出ると、日中吹いていた風は止んでいた。

夕闇に包まれた両国橋は黒い巨体を見せ、見るからに冷え冷えとした川面を行く屋形船の燈が冬の蛍のように見えた。闇が周りの無駄なものを消し去り、夜の広小路は昼とは違った顔をしていた。茶屋や料理屋の柔らかな軒行燈の灯が、酔客を招き寄せている。川端通りの楊弓場が不夜城のように照らされ、美しく着飾った矢取女たちが通り過ぎる男へ流し目を送っていた。

亀沢町では、西角にある自身番小屋から漏れてくる灯火が人の営みを告げていた。伊吉が声を掛けて腰障子を開け、信吉に三吉の通夜へきたことを告げた。市兵衛も挨拶を交わした。伊吉は用意してきた酒と肴を板の間に置くと、昼の礼を言った。信吉はおくまが三吉の死んだ衝撃で気が触れたみたいだと深刻な顔で告げた。

「三吉が酔っ払って堀に落ちたと聞きましたが、魔が差したのですかね。酒を呑んでも酒に呑まれる男ではなかったのに……。おくまさんは、親一人、子一人の生活でしたから、やくざ者の息子でも頼りにしていたな。それだけに、大分こたえたようですよ」

長屋の入口の片側にある酒屋の三州屋では、小僧が一人寒さに震えながら店番をしていた。

間口一間半、奥行二間半の長屋が路地を挟んで建てられていた。通夜の鐘の音がカン、カン、カンと寂しく響いてきた。すっかり闇に包まれた露地は暗く、陰気な冷たさが漂っていた。伊吉は提灯で市兵衛の足元を照らし、路地の真ん中に並べられたドブ板に足を取られないよう気を使った。

障子に丸に三と書かれた戸を開けると、通夜の人たちが一間だけの部屋に火鉢を囲むように坐り、小さな声で念仏をあげていた。その中に、三吉のことを話してくれた隣の女房の顔もあった。

早桶が部屋の奥にぽつんと立っていた。その前にある焼香台で線香が煙っている。市兵衛がおくまにお悔やみを述べ、差配の卯三郎へ挨拶をした。伊吉は持ってきた酒徳利と料理の折りを長屋の当番に差し出した。

おくまは泣き腫らした顔を少し上げただけだった。市兵衛はすぐ帰り、伊吉が残った。念仏の合間をぬってかすれた声でおくまがつぶやくのが聞こえてきた。伊吉は聞き取りにくい言葉に耳をじっと傾けた。「三吉は殺された」と言っているように聞こえた。半刻ほど念仏に付き合ってから、伊吉はやぶさ屋へ戻った。

翌日は三吉の野辺送りである。家の戸口に置かれた送り火が葬式が行われている印であった。卯三郎に引き摺られるようにおくまが歩くあとを、長屋の当番に担がれた早桶が進んでいった。そのあとを長屋の女房たちが付き従った。家主の文蔵、市兵衛、鬼吉親分、信吉、伊吉などが見送る寂しい葬儀であった。

夕方、伊吉は線香を持って再びおくまを訪ねた。慰めにきている近所の女房たちと伊吉は目礼を交わし、ちゃぶ台の上に置かれた白木の位牌へ手を合わせた。悔やみを述べても、おくまは手にした数珠に目を落としたまま黙りこくっている。顔見知りになった隣の女房がお清めだと言って、煮物を盛った皿と酒を伊吉の前に置いた。伊吉がお清めの酒を口にしたとき、おくまが口を開いた。

「三吉は溺れ死んだのではない。殺されたのだ。三吉は酔っても、川にはまる間抜けではないよ。川へ突き落とされて殺されたんだ」

女房たちが哀れむ顔付きで頭を横に振った。

「おくまさん、鬼吉親分は酔って川に落ち溺れ死んだと言っているのよ。親分の耳に入れば、お咎めがあるよ」

「三吉は殺された」

おくまはもう一度繰り返すと、黙り込んでしまった。隣の女房は、昨夜からあんな状態なので卯三郎さんも困惑している、と伊吉へ小さな声で告げた。

五つの鐘が聞こえたのを潮に、伊吉は紅屋へ立ち寄り、卯三郎へ挨拶を述べてから店に戻った。

伊吉からありのままを報告を聞いたとき、誠四郎は庄七へ告げた。

「三吉の調査はひとまず打ち切ろう。これからは錺職の半次を当ってくれ」

三

誠四郎は常盤橋門内にある北町奉行所から落合兵衛を昼食に連れ出した。呉服橋の油会所の脇にある料理屋樽三で魚料理を食べることにした。

誠四郎は糸屋儀三郎について調べた内容を話した。兵衛が小当たりした情報によると、儀三郎が蔵宿などに融通していた金は約千両、直接旗本や御家人に貸した金が三百両ほどあった。

松平定信が寛政元年（一七八九年）に発した〈貸金棄捐令〉は、天明四年（一七八四年）以前に旗本・御家人へ貸した金をすべて棒引きにした。儀三郎は、九百両を失い、資金繰りがかなり苦しくなっていた。

兵衛が意外なことを言葉にした。池之端仲町の蓮寿庵の女主人が儀三郎の隠し妾である、と告げたのだ。このことは、はやぶさ屋を陥れる罠を仕組めることを暗に示していた。

役者絵が許可になった版元は、写楽が蔦屋重三郎、豊国が和泉屋市兵衛、春英が播磨屋新七の三版元であった。刊行点数は圧倒的に蔦重が多いから、三吉の手間取りの仕事は蔦重の可能性が高い、と兵衛は自分の考えを述べた。三吉の件は、酔って川に転落し水死した事故として処理されていると伝えた。

逆に、誠四郎は三吉の死因については母親が疑念を抱いていると兵衛に話した。別れ際に、兵衛は伏見孫左衛門の件はもう少し時間を貸してくれ、とすまなそうに告げた。

兵衛と会った翌日、誠四郎はあらかじめ使いを出してから、糸屋儀三郎の店を訪れた。

「これはこれは、お忙しい中、はやぶさ屋のご主人がわざわざお越しいただくとは恐れいります」

「ご依頼いただいた書状を紛失した責任は当店にあります。書状が他人の手に移り糸屋さんへご迷惑を掛けることになれば、お詫びの申し様もなくなります。忌憚のないご意見をたまわりたいのです」

「先日も申し上げた通り、手前どもは多大な損失をこうむりました」

「もう少し具体的にお話しいただけないでしょうか」

「はやぶさ屋が、いや、あなたが紛失した書状には大切な契約書が入っておりました。契約書がなくなれば、多額の金が取り戻せなくなります。それよりも、契約書を失うことは私どもの信用を失墜させてしまいます」

「どのような契約書でしょうか?」

「契約書の内容をあなたへ申し上げる筋合いはありません。それとも、それを申し上げなければならない義務が私どもにあるとおっしゃるのですか?」

「飛脚便のご利用に際して、金銭や手形などがかかわる場合は、それをお申し出ていただいております。金銭的な賠償責任が生じるからです。料金はそれだけ高くなります。あなた様がそのようなものを書状にお入れになったならば、あらかじめお申し出いただかなければなりませんでした」

「書状を取りに見えた飛脚の方はなにも申しませんでしたね。説明をいただければ、その旨をお話しして別料金もお払いしましたよ」

「私が申し上げたことは、飛脚便を使う常識です。糸屋さんがそれをお知りにならない道理はございませんでしょう」

「あなたは、私どもに手落ちがあったから、責任はないと言うのですか？」

「いや、責任は手前どもにあります。だからこそ、あなた様の損害の状況をお聞きしているのです。せめて相手方のお名前だけでもお聞かせいただけないでしょうか？」

「それができればとっくに申し上げますよ。商人の道に反することを無理強いしないでください」

誠四郎は儀三郎の真意を掴むために一つの賭にでた。

「判りました。今回の事故で糸屋さんがこうむりました損害を全額補償させていただきましょう。金額をお申しでください」

証拠がないままに、損害を補償する提案を誠四郎が申し入れたので、儀三郎は驚きを見せた。

「では、その前に、あなた様のお名前で一筆お書きいただきたいのです。『はやぶさ屋の手落ちにより書状を失い、糸屋儀三郎様に多大なる損害を及ぼしました。この責任はすべてはやぶさ屋誠四郎にあります。後日、損失額のすべてを補償させていただきます』とでもお書き願いますか」

「はやぶさ屋の責任を明らかにした文書をしたためよ、とのお申し入れでございますね。では、糸屋さんがこうむった損害額を申してください」

こう言うと、誠四郎は懐から服紗に包んだ百両の金を取り出した。

「ここに百両がございます。足りなければ、すぐ届けさせます」

「お金の件は後日でよろしゅうございます。本日は、詫び状だけで結構でございます」

「お金を支払わなくては飛脚商の大義がたちません。損害額を確認できるものはなくても結構でございます。筆と紙のご用意をお願いします」

「それでは金ほしさに、はやぶさ屋を脅したと、私が誤解されてしまいます。お金は後日のことにして、本日は詫び状だけで結構でございます」

「いや、お金と詫び状とを同時に解決させてください。どうか、はやぶさ屋の責任をまっとうさせてください」

誠四郎は頭を深々と下げたままだった。

「はやぶさ屋さん、頭をお上げください。はやぶさ屋さんのご誠意はわかりました。詫び状と補償金の授受は後日にいたしましょう」

ここが潮時だと誠四郎は思った。糸屋儀三郎の狙いは、はやぶさ屋の詫び状を手に入れることであった。

「手前どもの窮状をご理解いただき、本日糸屋さんへ来た甲斐がありました。後日、円満に解決いただくよう重ねてお願いいいたします」

誠四郎は服紗包みを手元へ引き寄せた。しかし、儀三郎がこのままおとなしく尻尾を巻いたとは考えられないし、再度攻撃を仕掛けてくるに違いなかった。誠四郎は、儀三郎のふてぶてしい態度にかえって闘志が湧いた。

誠四郎は帰りの駕篭に揺られながら、ある疑問に思いを馳せていた。その疑問は、儀三郎がなぜ、飛脚便をはやぶさ屋へ依頼したかである。近く姻戚関係を結ぶ加賀屋を利用すればすむ話である。

誠四郎は店へ戻るなり、庄七にこの疑問をぶつけた。

「糸屋の書状を当店へ取り次いだのは大黒屋ですから、番頭の八助に聞いてみるのが一番でしょう。

これから通旅籠町へ行ってまいります」

半刻もすると、庄七が戻ってきた。八助の話によると、大黒屋へ嫁入りしたおさちが麹町の実家に里帰りしたときに、急ぐ書状があるので飛脚屋を寄越すよう依頼されたというのだ。その伝言が八助へ伝えられたので、いつも利用しているはやぶさ屋へ取り次いだのだった

四

伝右衛門は銘初日の志野茶碗の持ち主を探すために、毎日親しい茶の湯友だちや知人を訪問していた。

その努力は早くも三日目に報われた。人とは面白いもので、自分が欲しい物を手中にすると、黙っていることが出来なくなるのである。

志野茶碗初日を買い求めたのは、日本橋通四丁目の蝋問屋の駿河屋長兵衛であった。長兵衛は日本橋通町で古くから水油、髪油、蝋燭、蝋を商う豪商で、茶人としても知られていた。はやぶさ屋は駿河屋とは取引がなかったので、落合兵衛の筋から紹介を受けることにした。

日本橋通町は日本橋より南に通ずる町屋で、一丁目から四丁目まで錚々たる大店が軒を連ねていた。駿河屋は軒裏から壁までが塗り漆喰で仕上げられた間口八間造りの大店である。店内は水油や髪油などの商品を入れた桶、壷が整然と並び、蝋燭箱が品物別に分かりやすく陳列されていた。

店先で案内をこうと、中年の手代が挨拶に出迎えた。通された奥座敷は表の喧噪が嘘のように深閑

としており、床の間には禅宗の高僧の書がかけられていた。誠四郎が枯れた書体で書かれた『裁断佛祖　吹毛常磨　機輪転処　虚空咬牙』の軸に見入っていると、挨拶に現れた長兵衛が言葉をかけた。

「お気付きになりましたか。臨済禅の大燈国師の遺偈で、私の座右の言葉なのですよ。大徳寺の住持に書いていただきました」

二人は改めて挨拶を交わした。

「本日の用向きは、あなた様が数日前にお求めになった志野茶碗の初日についてでございます」

「初日？」

いきなり志野茶碗の名前を持ち出された長兵衛が訝った。目に好奇と警戒の色が浮かんだ。

「確かにその茶碗は私の手元にございます。湯島同朋町の鈴木翁から譲り受けたものですが？」

「初日を私にお譲りいただきたいのです。本日は、そのお願いに参上いたしました」

「初日を譲れと……」

突拍子のない申し入れに長兵衛が戸惑いを見せた。

「値段《あたい》はあなた様の申し値にさせていただきます」

長兵衛の目が不愉快さで歪んだ。

「失礼なことをお尋ねいたしますが、あなたはお茶をたしなみますか？」

「仕事にかまけてまだ茶道には……」

「左様でございましょう。茶の心が分かる者ならば、かかる不躾な言葉は発しない。あなたは土足で座敷に上がった非礼に気付いていらっしゃらない」

「お気に障ったことを申し上げたなら、お詫びいたします。お許しください」

「あなたの非礼よりも、茶の心に無神経なあなたに私は憤りをおぼえたのです。初日は、たとえ万金が積まれましても、あなたにお譲りできませんね」

「無教養ゆえにご無礼なことを申しあげたことをお詫びいたします。重ねて無理を承知でお願いいたしますが、お聞き入れいただけませんでしょうか?」

「お断りいたします」

そう告げると、長兵衛は目を閉じた。そこには断固たる拒否の姿だけがあった。誠四郎は初日を譲ってもらう試みが完全な失敗に終わったことを悟った。

「本日は、お会いいただき有り難うございました。また、不躾なるお願いを申し上げたことをお許しください」

誠四郎は言うに言われぬ空虚な思いに打ちひしがれて、駿河屋を悄然と去った。

誠四郎は義父伝右衛門の居間へ直行した。伝右衛門は彼の話を聞くと、優しく諭した。

「なぜ、長兵衛さんが不機嫌になり、けんもほろろにお前の申し入れを断ったか、私にはよくわかる。お前は初日を売買の対象物としか見なかった」

「おっしゃる通りです。私は村田様へ初日を渡さなければなりません。駿河屋さんが希望なさる言い値で買い受けるつもりでした」

「そこが問題なのだ。確かに、茶碗は土で出来た物にすぎないし、お茶を楽しむ道具にすぎない。しかし、茶碗は、茶人にとっては自分の分身のようなものなのだ。茶碗には世間で評価された値があるが、それは茶人にとってはなんの意味もないのだ。茶碗は何物にも替え難い宝物だ。いいかね、長兵衛さんは、初日を持つ本当の喜びを知らない者、初日を汚れた金と交換することしか念頭にない者を許せないのだ。残念ながら、お前は金によってしか茶碗を評価できない、おろか者と思われたのだ」

　ここまで言うと、伝右衛門は茶棚からこの前見せた志野茶碗を取り出した。

「お前は私にとって大切な婿だ。では、この茶碗をお前が欲しいと言ったらあげるだろうか。答えは否さ。お茶を心でたしなむ者は、私のような未熟な者であっても、猫に小判になるような愚行はしない」

　誠四郎は、伝右衛門が言わんとすることが良く理解できた。

「もう一度駿河屋さんへ行きなさい。恐らく駿河屋さんはお会いにならないだろう。それでも、会えるまで何度でも行きなさい。会えたら、今回の無礼をひたすら詫びるのです。詫びがかなえられたら、この志野茶碗を見せ、初日と取り替えいただくようお願いするのです」

　伝右衛門はいとおしむように志野茶碗を錦布で包むと、桐箱へ入れた。誠四郎ははやぶさ屋を守るためにはどんな犠牲もいとわない商人根性の激しさを義父から学んだ。同時に、誠四郎は義父の自分に寄せる信頼の大きさに感謝した。

　その日から、誠四郎は駿河屋へ日参した。煩わしい誠四郎の来訪に番頭はいやな顔をみせずに、その都度、奥に伺いを通してくれた。

　誠四郎が駿河屋長兵衛に会えたのは、十五日目であった。

「先日のご無礼のお詫びに参上いたしました。お恥ずかしいのですが、私は茶道の心得がなく、正直、初日の素晴らしさも真の値打ちも判りません。その無教養ゆえに、先日のような暴言を吐いても気付かないのです。未熟さに恥じ入る次第です。私の都合だけで、一方的な申し入れを行いました非礼を取り消させていただきます」

「あなた様がご自分のなさった非を覚り、反省なさるならばそれでよろしゅうございます」

「お許しをいただき有り難うございます。駿河屋様のご好意に甘え、一つお聞き入れいただきたいことがございます。どうかお聞き願います」

「あなた様が十五日間も足をはこばれたのは、ご事情が有ることとぞんじます。お聞きいたしましょう」

「私は飛脚商を営なんでおります。実は、ある方に初日をお渡ししないと、店が信用を失う窮地に立っております。ただ、これは当店のみの事情でありまして、駿河屋様には一切かかわりのないことでございます」

長兵衛はなにも言わずに目で先を促した。

「ここからが駿河屋様へのお願いになります。初日を当店へお譲り願いたいのです。初日があなた様にとって何物にも替え難い宝であることはぞんじております。その初日を手放されるお気持ちの埋め合わせに、別の志野茶碗を持参いたしました」

誠四郎は風呂敷を解き、桐箱から茶碗を取り出した。

長兵衛の目が錦布を解く指先を追った。錦布から茶碗が現れたとき、その目は茶碗に釘付けになった。

「あなた様はこの志野茶碗の銘をごぞんじですか?」

「銘は知りませんが、茶碗の持つ気品の高さは判ります。手に触れると、知らず知らずのうちに微妙な感触に心をうばわれてしまいます」

　長兵衛が不審な面持ちを見せた。

「お知りにならないのですね。この志野茶碗は、曙と名付けられた名品でございますよ。一度ある茶会で拝見したことが有りましたが、このように目の当たりにするのは初めてです。手にとって鑑賞させていただきます」

　長兵衛は千年の知己に会ったような眼差しで茶碗を見た。赤みのある茶色と白色の釉の微妙な色合いに、長兵衛は魅入られてしまった。壊れ物に触るかのように曙を手に取ると、しばらくの間、一言も発せず曙の感触を心いくまで楽しんでいた。まるで忘我の境地に陥っていた感があった。やがて、手中にした宝物を手放したくないような躊躇を見せて、茶碗を誠四郎の前に置いた。

「久しぶりに眼福を得ました。あなた様はこの茶碗をどなた様から譲られたのですか?」

「あなた様の初日と交換していただくために、義父が提供してくれました。どうか初日と曙の交換をお願いいたします。交換していただければ、店の信用が守られるのです」

「しかし、この交換はあなた様の方がご損になりますよ。それも大きな金額です。それをご承知で申されているのですか?」

「私には茶碗の値打ちは判りません。義父は、この茶碗は私には『猫に小判』だと申しました。義父が承知の上の交換ですから、ご安心いただきたいと思います」

「お父上がご了承なさった取引ですか。お店の信用を守るために、ご決心なさったお父上のご心情を察すると心苦しいのですが、初日と曙とを交換するお申し出をお受けいたしましょう」

「ご承知いただき有り難うございます。心からお礼申し上げます」

長兵衛は、番頭に命じて初日と曙との交換を行う書類を作成させ、署名と捺印を行った。

誠四郎は、駿府の村田三左衛門へ初日が希望の値で入手できたことと入手が遅れた詫びの手紙を書き、飛脚小頭の新助を駿府へ発たせた。それから、伝右衛門へ報告するために隠居所へ足を運んだ。

第四章　手掛かり

一

はやぶさ屋は浅草の新寺町で奪われた手紙を取り戻す手掛かりを必死に追っていた。だが、飛脚箱を奪った具体的な犯人像は浮かび上がってこなかった。彫職手間取三吉が錺職半次宛てに出した書状は、当日の六つ過ぎに、本人がはやぶさ屋へ頼みに来たものであった。その三吉は四十年配の男に連れ出されて、翌日に竪川で水死体で発見された。町奉行所の取り調べでは、三吉は深酒で川に落ち水死したものとして処理された。

伊吉は宛名人である錺職の半次を調べることにした。半次の住まいは、上野の不忍池沿いに根津権現へいく道筋にある宮永町の裏店にあった。宮永町は根津権現の総門前を流れる藍染川に沿ってひらけた町屋である。

根津権現は、富士権現から勧進したのが縁起で、六代将軍家宣の産土神と崇められた須佐之男命を祀る社である。境内にある弁財天や観音も江戸庶民の信仰を集めていた。根津権現の境内には季節をいろどる種々の木々が茂り、春は八重桜が、初夏は淡紫色の小さな花をつける樗が、秋は紅葉が人々を引き寄せた。樗は太田道灌が植えたと言い伝えられた木が林となったもので、〈せんだんの林〉と呼ばれ人気を呼んでいた。四季折々の美しさに江戸の人々が引き付けられると、門前町である宮永町は、水茶屋や料理茶屋が軒を連ねる色街の賑わいを見せるにいたった。当然ながら、引手茶屋が繁盛し、娼家が生まれ、江戸有数の岡場所になった。

伊吉は飛脚稼業の勘を働かせて、半次の家をすぐ捜しあてた。だが、娼家に囲まれた裏店の長屋に半次は居なかった。覗いた半次の部屋は乱雑そのもので、貧乏徳利と縁の欠けた湯呑茶碗が一つ転がっているだけであった。

たまたま一軒おいた家に老婆が居たので、半次のことを尋ねた。老婆は、伊吉の問いかけに投げやりに答えた。

「半次は滅多に家には戻らないよ。半次に会いたきゃ賭場でも探してみな。それとも娼婦に聞いてみるがいい」

半次に関心を示さない老婆では埒があかないので、伊吉は家主である鶴屋を訪れた。家主の与助は半次のことを尋ねられると、いやな腫れ物にでも触るように眉間に皺を寄せた。

「半次には困っているんだ。腕の立つ錺職人で、半次の作った髪飾りは吉原の大夫の髪を美しく飾ったもんだ。ところが、松平定信の贅沢禁止令で、仕事に身が入らなくなってしまった。悪いことは重なるもので、女房に駆け落ちされてからは、この三、四年自暴自棄になり、すっかり生活が荒れてしまった。今は博奕の種銭欲しさに髪飾りを作るだけさ。博奕に明け暮れる、自堕落な女の紐にまで堕落しきってしまったんだ。家賃もたまり、私も困り抜いているのさ」

「半次さんに会いたいときは、どこへ行けばよいのでしょうかね?」

「賭場より女の所がいいな。門前町に佐乃屋という娼家があり、そこにおまんと言う娼婦がいる。半次はおまんの紐だから、聞いてみるがいい」

伊吉は、佐乃屋へ行く前に、根津権現境内の茶店で一服することにした。楓、椦、桜の葉が鮮やかに紅葉して錦が丘と呼ばれた境内は、もうすっかり落葉の毛氈になっていた。

茶店に入ると、豆腐を串に刺した味噌田楽を注文した。味噌の黒く焼けた香ばしい匂いがぷーんと鼻をつき、舌を焼くような熱い豆腐が美味かった。熱いお茶が冷えた身体をほぐしてくれた。

伊吉は佐乃屋の裏口へ向かった。丁度顔を出した下女におまんを呼んで貰った。口開けの刻だったので、おまんは派手に化粧した姿で現れた。白く塗られた顔に赤い口紅がどぎつく光っていた。伊吉は紙に包んだ小金をおまんの懐へ差し込んだ。

「忙しいところを勘弁してくれ。伊吉という者だ。やばい話ではないから聞いて欲しいんだ。俺は三吉の友達《だち》で、半次兄ィに会いたくて宮永町の裏店へ行ったのだが、あいにく半次兄ィは留守だった。それで姐さんを尋ねたのだ」

「半次は風来坊のこんこんちきだから、あたいにも居所は判らないよ」

「おまん姐さんだけが頼りなのだ。助けてほしい。この通りだ」

伊吉は頭を下げ、おまんの手を両手で強く握り締めた。おまんが手を引き戻すと、そこに一朱銀がのっていた。

「明日の暮れ六つ前に来てごらん。半次に会えるかも知れないよ。でも、約束はできないよ」

「おまん姐さん、恩にきるぜ」

帰り道、伊吉は根津権現の社殿の方角に手を合わせて、半次に会える段取りができたお礼を言った。

翌日は雨だった。

伊吉は、根津へ出掛けるまで帳簿方で町飛脚の得意先の整理を続けた。誠四郎の新しい飛脚業の方針が着々と成果を挙げ、町飛脚の得意客は昨年に比べて倍増していた。師走を控えた十一月は、上り商品、下り商品を問わずあらゆる商品が動き、書状の遣り取りが加速度的に増える月であった。猫の手も借りたいほどの仕事量に、今回の事故調査が加わったため、寸暇を惜しんで仕事をこなさなくてはならなかった。

雨は一日中降り止まず、夕方近くになると、冷え込みがさらに強くなっていた。伊吉は綿入れに雨合羽を着込んで、七つ半過ぎに店を出た。

江戸橋を渡り、堀留町を通り、和泉橋を渡ってから上野の新黒門町に行き、不忍池の池之端仲町に出た。冷たい雨が降りしきる夕暮れ時なのに、町屋の人通りは忙しげであった。

武家屋敷はひっそりと静まり返っていた。上野寛永寺の五重塔が雨に塗り込められ、松平伊豆守の屋敷の大屋根が寒々と雨に濡れている。

宮永町を通り抜け根津門前町に入ると、上野の暮れ六つの鐘が聞こえてきた。

伊吉は佐乃屋の裏口へ行き、昨日の下女におまんを呼んで貰った。おまんは不愛想な顔で出てきた。

「嫌な雨だね。こう冷え込むと客の足も遠のいてしまうよ。今夜はお茶を引くかも知れない。兄さん、あたいを買わないかい。安くするよ」

おまんは伊吉に誘いの流し目を送った。伊吉はすまなそうに首を振った。

「あたいでは駄目かい。そうそう、半次が六つ半頃ここへくると言伝があったんだ。それまで隣の小春で時間を潰しな。半次がきたらそこへ行かすよ」

「有り難うよ」

伊吉は礼を言うと、小金を入れた紙包みを手渡した。おまんは色目を使いながら、ぴょこりと頭を下げた。

「毎度悪いね。小春に行ったら、あたいの名前を言えば、美味いものを安く食わしてくれるよ。半次との話が終わったら、店《うち》においでな。こんな夜はしっぽり濡れるのにかぎるよ」

雨が降り続き、冷え込んできたので、伊吉はおまんが勧めた飲み屋へ行くことにした。〈小春〉と書かれた障子戸を開くと、狭い三和土に椅子代わりの酒樽が五つ、六つ転がっており、その横に六畳ほどの畳座敷があった。

客は一人もいなかった。伊吉は合羽を脱ぐと壁に掛け、懐から取り出した手拭で濡れた髪を拭い、ささくれだった畳に坐り込んだ。それを見計らうように、奥から酌婦が顔を出した。若い酌婦は薄汚れた品書きを伊吉へ渡してから言った。

「この寒さによくきたね。いい人に逢うために早く来過ぎたのかい。ゆっくり身体を暖めてから行けばいいさ。旬の付け合わせは白魚がいいよ。灘の新酒が入ったばかりなの」

酌婦は一人で喋り終えると、伊吉の注文も聞かずに奥へ向かって白魚と灘の新酒を注文した。

伊吉は暇を持て余している酌婦を相手に白魚を肴に酒をゆっくり飲み始めた。冷えきった身体に、潤のついた酒はこたえられなかった。しかし、半次に会うまでは酔うわけにいかない。

「あたいはおぎん。おすすめ料理はねぎまにひらめよ。冷え込む日はねぎまが一番。これで身体を暖めたら、次はひらめの刺し身か、塩焼き」

酌婦はぎんと名乗ると、料理の追加を促した。

「佐乃屋のおまんさんが、小春の料理は美味いと言ったが本当だな。では、ねぎまを一つ頼もうか」

「兄さん、あんたはおまん姐さんの知り合いかい？　それでは、板さんに腕を振るって貰うよ。うちのねぎまは、脂の乗ったまぐろとぶつ切りした深谷のネギの特製のねぎまだよ」

しばらくすると、酌婦は湯気が噴き出ている鉄鍋を運んできて食台へ置いた。蓋を取ると、酒と醤油の香りにネギの匂いが微妙に交じり合って、食欲をそそった。ネギを口に入れると、熱い汁が口いっぱいに広がった。

「美味い。本当に美味い。おぎんさんも飲めよ」

そう言うと、伊吉は酌婦に酒をついでやった。

「一口御馳走になるよ。兄さんに惚れてしまおうかな？」

「俺に惚れると苦労するぜ。俺は女ぐせが悪いからな」

「兄さんなら、苦労のしがいがあるわ」

「それなら、しっぽり濡れてみようか？」

「本気にするよ。あら酒が切れたわ。ついでにひらめを持ってくるね」

「おぎんさん、酒を二本、それからひらめの塩焼きだ」

伊吉は適当に酌婦をあしらいながら時間を費やした。やがて他の客も現れ、酌婦も忙しくなり始めたころ、肩を雨で濡らした中年の男が入ってきた。男は客たちの顔をゆっくり見回してから、伊吉へ声を掛けた。

「お前さんかえ、昨日から俺に会いたいと言う奴は」

博奕と女で荒み切った顔には、生気が失われていた。中背の身体を丸め、上目使いに睨む目に凄みが感じられた。

「半次兄ィですか。初めてお目に掛かります。あっしは伊吉と申します。どうぞこちらへ」

伊吉は自分の前にある座布団を素早く裏返した。

「おまん姐さんにお願いして、ここで待たして貰いました。どうぞここへお坐りください。おぎんさん、半次兄ィへ猪口と肴を頼むぜ」

伊吉は半次に応答の暇を与えず上座に坐らせると、自分の猪口を半次に渡して酒をなみなみと注いだ。

「半次兄ィ、お見知り置きください」

半次が杯に注がれた酒を一気に口へ放り込んだ。伊吉はすぐに酒を注いだ。それが二度ばかり繰り返されると、半次は口を開いた。

「伊吉さんとやら、見知らぬ俺にどんな用があるのだ。金儲けの話かい？」

半次が低い声で探りを入れてきた。伊吉は単刀直入に切り出した。

「半次兄ィ、三吉さんが五日ほど前に死んだのをごぞんじですかい?」

「なに! 三吉が死んだ」

「竪川へ酔っぱらって落ちたんですよ」

半次は猪口を持ったまま伊吉を睨み、冗談だったら絞め殺し兼ねない顔付きを見せた。

「しばらく顔を見せないと思ったら、三吉は死んでいたのか。だが、酔っぱらった揚げ句に川に落ちたとは、とても信じられないな。女に刺されることはあっても、奴が酒に呑まれることはあり得ないぜ」

「三吉さんのお袋も酔って川にはまる息子ではない、と言い張っているんだ」

「三吉はウワバミの吉と呼ばれていたんだからな」

「三吉さんは、半次兄ィにとても会いたがっていたんだ」

「なぜ、お前がそれを知っているのだ」

急に半次の顔に警戒の色が走った。伊吉はそれに気付かない振りをしながら言葉を継いだ。

「あっしの稼業は便利屋でして。たまたま三吉さんの葬式のときに半次兄ィへ三吉の死んだことを知らせてほしいと頼まれたんだ」

「お袋は外になにか言わなかったか?」

「へい、この言伝だけです」

「三吉が酒を飲んでいたときに、連れはいなかったのかい?」

「なんでも、三吉さんが死んだ晩に、四十年配の男が尋ねてきて、三吉さんと一緒に出掛けてしまった。お袋の知らない男だったと聞きましたがね」

伊吉は、ここまで言うと、とぼけ顔で半次の顔色をうかがった。半次は不審ありげに首を曲げた。

それから、記憶をたどるように目を閉じた。

「半次兄ィは、その男をご存じで？」

「いや、知らねぇ。知るはずがねぇ」

半次は強く否定したが、なにか思い当たる節があるようだった。

「お袋さんには、半次兄ィが線香を上げに行くと伝えますか？」

「お袋には会いたくねぇな。会えば愚痴をこぼされるだけだ。適当に返事をしておいてくれ。これは
僅かだが、三吉の位牌へなにか供えてくれ」

半次は懐から赤縞の財布を出すと、小粒を幾つか紙に包んで、伊吉へ差し出した。

「半次兄ィ、三吉さんの供養のために飲み直ししましょう。姐さん暖かい酒を頼むぜ。それから半次
兄にねぎまを急がせてくれ」

「うっとおしい雨だぜ。冬の雨は嫌いだ。俺は明日の朝まで飲むぞ。お前も付き合えぇ」

「半次兄ィ、とことん飲みましょう。勘定は任してくださいよ」

二人は深夜まで酒を飲み交わした。明け方、半次との別れしなに、伊吉は小春でもう一度飲む約束
を取り付けた。伊吉は半次の反応から引き続き接触を保つことにしたのだ。

このことを庄七へ報告すると、伊吉は顔が割れているから尾行がしにくいし、半次が凶暴なやくざ
者であることから、半次の見張りは自分が引き受けると言った。

二

半次と小春で飲み明かす日がきた。約束の刻限に伊吉が小春へ行き、庄七は半刻ほど遅れて暖簾をくぐった。半次は畳座敷で酒を飲んでいた。ねぎま鍋をつつきながら得意そうに伊吉と女の自慢話をしていた。庄七は土間に置いてある酒樽に座り、ねぎま鍋と酒を注文した。肩越しに半次が女の躯についてて下卑た話をしているのが聞こえてきた。

「伊吉よ、お前は知らねえだろうが、おまんのさねは特別あつらえなのさ。よがりによがると、汐を吹くんだぜ。ものは試しに、一度おまんを買ってみろ」

「それは半次兄ィのへのこが立派で、その上に床上手だから、姐御がたまらずよがるんだろうさ。俺の貧弱なへのこでは、とても太刀打ちできないよ。戦う前にふんどしの白旗をかかげるのが落ちだぜ」

独身で遊び好きな伊吉は、適当に話を合わしていた。

「さっきからおとらがお前に色目を使っているぞ」

「伊ノさんの陰のある雰囲気がたまらないわ」

「おとら、喜べ。今夜は、伊ノがお前と濡れたいと言ってるぞ。だが、しっぽり濡れるか心配だぜ。おとらの口の大きさでは、馬も恥ずかしいといななくからな」

おとらは伊吉へ嬉しそうに流し目を送ると、猪口に酒を注いだ。

庄七の食台へねぎま鍋と燗筒が運ばれてきた。ねぎま鍋は自慢するだけあって、ぶつ切りにした深谷ねぎと脂の乗ったまぐろの赤身が煮込まれていた。舌を焼くような煮えたねぎを口に入れると、身体が中から暖まってくる。ねぎまを肴にする酒はこたえられなかった。

伊吉と半次の女の話は、間断なく続いていた。庄七は手酌に時間をかけながら、聞き耳をそばだてていた。燗筒を四本ほどを空にした頃に、伊吉が帰る素振りを見せた。

「半次兄ィ、今夜はこれで失礼します。ちょっと野暮用がありましてね。勘定は余分に払っときますから、ゆっくり飲んでくださいよ。おまん姐さんにもよろしく」

「伊吉、すまねぇ」と半次は酔いが回った口調で頭を軽く下げた。伊吉はおとらに勘定を払うと出て行った。

半次は、伊吉が立ち去ると、今度はおとらを相手に酒を飲みだした。相変わらず下卑た冗談を言いながら、おとらの尻を撫ぜ回しては喜んでいた。半時もすると、空の燗筒が五、六本ころがっていた。独り酒にあきた半次は、千鳥足で立ちあがった。

庄七はゆっくり勘定を払いなにげない素振りで店を出た。わざと足をふらつけさせながら半次の後を追った。すでに半次が小春で飲んでいたときから、右利きであることや、腹に晒が巻いてあることを見抜いていた。

千鳥足の半次は、右手を懐に入れたまま道の左側を歩いて行く。根津界隈では顔が通るらしく、あくどく化粧した女やいなせな遊び人が挨拶をする。冷やかしにきている遊客は、半次の姿を見かけると、避けるように道を譲った。半次は、客引きの娼婦や酌婦に酔っただみ声を掛けながら、不忍池の方向へ歩んで行った。今夜は、どうやら久しぶりに宮永町の自分のねぐらに戻るらしい。歓楽街の灯火から遠ざかるにつれ、少しずつ暗くなる家並みの奥に鶴屋の行灯看板が見えてきた。庄七は半次が長屋の入り口に入るのを見届けてから、町駕篭を拾った。

翌日、庄七は昼前に宮永町へ行った。半次が裏長屋の部屋にまだいることをまず確かめてから、宮永町の方角が見通せる根津門前町にある茶店に入った。粟餅を食べながら半次が現れるのを待つことにしたのだ。昼時に半次が二日酔いの迎え酒を飲みに小春へ来ると読んでの行動だった。

小半時ほど経った頃、昨夜の着物のまま懐手をした半次の姿が見えた。庄七は先回りして小春へ行き、ぶっかけ丼を頼んだ。ぶっかけ丼とは、ご飯にねぎま汁をかけた小春の売り物の丼で、昼飯に出すことを伊吉から聞いたからである。職人風の客がぶっかけ丼を美味そうに食べていた。

ほどなく、半次が暖簾を肩で分け入ってきた。おとらは酒とお猪口を彼の前に置くと、急ぎ足で店を出て行った。おとらはすぐ戻ってきた。

「おまん姐さんはすぐ来るよ」

「おれは酒だけでいい。おまんにはぶっかけ丼を用意してくれ。それから熱いお茶だ」

しばらくすると、化粧を落とした眠たげな顔の女が現れ、半次の隣にだらしなく座った。

「ああ眠い。昨夜はきてくれる約束だったのに、どこへしけこんだのさ。妬けるね」

「俺は博奕のつきに見放されて、お前の所へ行く軍資金までつぎ込んでしまったんだ。その挙げ句にオケラさ」

「本当かね」

「おとらに聞いてみろ。俺はここで伊吉のおごりでやけ酒をあおっていたんだ」

「水臭いね。それならば、ちょっと声を掛けてくれればいいのに……」

「俺にも男の見栄がある」

おまんは懐から小粒を出し、半次に手渡した。

「博奕の種銭にしな」

「いつもすまねぇ」

半次は縁起をかつぐように手刀を切ってから、小粒を仕舞い込んだ。

「ああ、思い出した。まとまったお金が入る話はどうなったの?」

「余り大きな声で言うなよ」

半次は警戒するようにあたりを見回した。半次に背を向けていた庄七は、おまんが言った「まとまったお金」の一言を聞き逃さなかった。

半次と三吉は「まとまったお金」にからむことを掴み、なにかを企んでいたのに違いなかった。おそらく三吉が死に追いやられたのは、半次、三吉、親方と呼ばれる四十年配の男の間で仲違いをきたしたのだ。庄七は、これ以上の長居は無用だと店を出た。漠とした事件の尻尾らしきものが掴めたのが収穫だった。

それから数日の間、庄七は半次の尾行を続けた。半次の女は数人いたが、惚れているのは佐乃屋のおまんであった。半次が行く賭場は二か所で、一つは本郷の加州屋敷近くにある中間部屋の賭場で、いま一つは中山道沿いの片町にある寺であった。どちらかの賭場への出入口を見張れば、半次を見出せることが判った。

三

番町土手三番町の伏見孫左衛門の屋敷を調べる忠吉は、難渋していた。伏見の屋敷の周辺は大身の旗本屋敷が立ち並び、同じような門構と塀に囲まれている所だけに見張る場所もなく、裏門も長くいると見咎められる恐れがあるのだ。見張れる場所がない上に、出入りの商人は大店が多く、しかも口が堅かった。簡単な聞き込みさえ難しかった。

忠吉は、伏見孫左衛門の屋敷の中間と親しくなる方法に切り替えた。旗本屋敷の中間たちは、暮れ六つを過ぎると、息抜きに屋敷を抜け出す者が多い。忠吉は伏見の屋敷の裏口を見張り、抜け出してくる二人の中間の顔を覚えた。

四ツ谷御門近くにある麹町の居酒屋だるまが中間たちの溜まり場であった。常連客である伏見屋敷の中間は、好物の湯豆腐と塩鰯の焼き物を肴に半時ほど軽く酒を楽しむことが多かった。毎晩六つ半になると、忠吉はだるまへ顔を出し、いつも中間が座る席の隣で酒を飲んだ。

ある晩、忠吉は小用に立ったときに、自然によろけた風を装い、身体を中間の食台へ当てた。

「勘弁してください。ちょっと目眩がしましたので。ああ、酒がこぼれてしまいましたね。姐さん、酒二本頼みますよ」

忠吉は懐から手拭を取り出し、素早く中間の食台を拭いた。酒が運ばれてきたので、忠吉は燗筒を手にした。

「ぐーと一杯あけてくださいな。めっきり寒くなって酒が美味くなりましたね。冬は湯豆腐がなによりですね。さあ、酒を飲んでくださいな……」

「悪いね、御馳走になるよ。最近、ちょくちょく見かけるね」

「伯父が麹町で炭屋をやっていましてね。忙しいときなので手伝いに来たのですよ。そちらの席へ移っても、よろしいですか？」

「飲み仲間は多い方がいい。俺の隣に座れよ」

　忠吉と二人の中間は互いに名乗り合った。忠吉の隣に座った中間の名は権蔵で、もう一人は弥太と名乗った。

「どちらのお屋敷ですか」

「伏見屋敷の中間さ」

「伏見様？　たしか田沼意次様が老中の頃はお使番でしたね。立派なお屋敷にお勤めだとは羨ましい限りですね」

「あの頃は、うちの殿様も羽振りがよかったな。今は寄合入りの身だからな。俺たちも侘しい毎日を過ごすようになったね」

「それでも、大身の伏見様の中間勤めは宜しいですよ。私などは炭屋の人足代わりですからね。まあ、飲みましょう」

　このやり取りが縁となって、忠吉は毎晩のように伏見屋敷の仲間と会った。三人は酒を酌み交わすうちに気軽に冗談を交わすようになっていた。

居酒屋で忠吉が二人から聞き込んだ伏見屋敷の内情は、暗い話に満ちていた。孫左衛門は寄合入りしてからは、陰鬱な精神状態に陥ってしまった。芝居見物や着物道楽を生き甲斐にしていた奥方の志津は、松平定信の倹約令でその楽しみを奪われてしまった。悶々とした毎日が夫婦仲を一段と悪くした。孫左衛門の猜疑心と嫉妬心は深まるばかりで、志津とは閨を別にするようになっていた。

先頃、奥を取り仕切っていた志津つきの奥女中おたかが殿様に折檻されることが起こり、それが夫婦仲を一層険悪にしたそうである。

忠吉は、書状の宛名先である長谷川重太郎の身辺についても同時に調べていた。根津権現下にある長谷川家は百五十石取りの御家人の家柄で、重太郎は二十九歳ながら独身であった。三年前に、父親が勤務中に心の病で倒れたので、急遽家督を継いでいた。御勘定所の勘定職をつとめる重太郎の仕事振りの評判はよく、生活は余裕があった。

忠吉は、勘定方に備え付けてある〈武鑑〉で、志津の実家を調べてみた。志津の実家は元鳥越町に住む三百石取り旗本の牧野家であった。牧野家の当主春正は御勘定所の御殿詰御勘定組頭であった。重太郎とお志津を結ぶ糸がやっと現れたのだ。

旗本牧野家の調査は忠吉の手に余るので、落合兵衛に助力を頼んだ。牧野家当主の春正は御勘定所の経済官僚で町方の商人との交際も広い。それだけに、江戸町奉行所の諸色調掛与力の落合兵衛は情報が取りやすかった。

志津と重太郎の身辺が次第に明らかになった。牧野春正と重太郎の父親重兵衛とは、御勘定所では上役と下役の関係にあった。それに、囲碁の好敵手として人の羨むほどの親しい間柄であった。毎日のように長谷川家と牧野家の間を行き来きするほど、家族同士も親しく付き合っていた。

志津は牧野家の次女であった。気心を知った重太郎の花嫁になることを夢見ていた。ところが、重太郎との縁談話が一旦まとまったときに、思いもかけない破綻が生じてしまった。

ある茶会の席で、男やもめであった孫左衛門が茶席の下働きをてきぱきとこなす志津の美貌に心を奪われてしまったのだ。御使番の要職にあった孫左衛門の横車で、二人の縁談は朝露のように消えた。牧野春正には、上司である勘定奉行を通した縁談を断る術がなかったのである。大身の伏見家の奥方になることは玉の輿とはいえ、孫左衛門は再婚であり、しかも四十六歳であった。

四

伊吉は、三吉の葬式のあとも、亀沢町のおくまの所へ顔を出した。おくまは一人息子に死なれてから、小料理屋の下働きにも行かなくなっていた。生きる希望を失い、三吉の位牌の前でぼんやりする日々が続いていた。

伊吉には、三吉の死を知らされたときのおくまの叫び声と橋番小屋へ向かったときの憔悴しきった姿が、恵まれぬまま死んだ母親に重なっていた。伊吉は母と八年前に死別していた。父は腕のいい仕立て職人だったが、伊吉が幼いときに労咳で死んだ。母は残された二人の遺児を抱え、内職の仕立物で暮らしを立てる外はなかった。食事を一食抜いても子供にひもじい思いはさせたくないと、無理を重ねていた。妹が一人前の下女働きになり、伊吉が庄七の手下として生活のめどがつき、これから親孝行をしようとした矢先に、母は過労で倒れたのだった。伊吉が二十歳のときである。

　伊吉は、仕事の合間を見つけては、精の付く食べ物をおくまへ届けた。その日は、堀江町にある琉球屋の焼き芋を買った。黒光りする竈から取り出した焼きたての芋は見るからに美味そうだった。

「お袋、今日は琉球屋の焼き芋を買ってきたぜ。一緒に暖かいうちに食べよう」

　伊吉は包んである紙を開いて、まだ暖かい芋をおくまの前に置いた。

「琉球屋のおやじは、うちの焼き芋は栗より美味い十三里だと言っていたぜ」

　おくまは黙ったまま焼き芋を見た。

　伊吉は隣の女房に声を掛け、お茶を入れて貰うことにした。

「お袋、元気を出せよ。元気になることが三吉さんへの供養になるんだぜ」

「済まないね、毎日。伊吉さんのお陰で、少しは生きる気力がでてきたよ」

「そうかい。さあ、食べよう」

　おくまは焼き芋を一つ白木の位牌に供え、手を合わせた。伊吉は皮をむいた焼き芋を食べやすく割って、おくまの手に乗せた。おくまが美味そうに焼き芋を食べ始めた。おくまの姿を見ていると、お袋が生きていたらな、と伊吉は思った。

「伊吉さん、琉球屋の焼き芋は高いんだろ。この大きさだと、一本十六文はしただろうね。饅頭三つの値段より高いと聞いているよ」と隣の女房が焼き芋を手にする。

「あら、それでは、栗よりうまい十三里ではなく、まんじゅう里になるね」とおくまがつまらない洒落を言った。

「おくまさん、うんとお食べよ」

「本当に美味いね。伊吉さん、お礼を言うよ」

焼き芋を食べ終わると、おくまは真剣な顔になった。

「三吉は酔っ払って川にはまったのではないよ。連れ出したあの男に殺されたんだ」

「おくまさん、それを言うと差配の卯三郎にまた叱られるよ。もう忘れた方がいいよ」

伊吉はおくまの直勘が正しいと思うようになっていた。根津門前町飲み屋の小春で飲んだときに半次が示した反応からも、謎の四十男を探すことは無駄でないと確信していた。おくまのためにも、その男の身元を調べてみようと思った。

伊吉は、鬼吉親分の手をかりて謎の男を探り出す了解を庄七から得た。

翌日、伊吉は時間をやり繰りして松井町の鬼吉親分を訪ねた。不景気な江戸市中では、殺伐とした強請、強盗が頻発していた。鬼吉親分は、鑑札を貰っている大関に尻を叩かれ、飛び回る日々が続いていた。たまたま鬼吉親分は事件らしい事件もなく手持ち無沙汰の風であった。

取り留めのない世間話の中で、伊吉は、若いころ三吉の母親に世話になったことや通夜にも行ったことなど、作り話を入り混ぜながら話した。おくまから聞いた話として、三吉が事件の当夜に職人風の四十男に誘い出されたことも話題にした。おくまは三吉が酔っ払って水死したとは信じておらず、職人風の男に殺されたと思い込んでいるので、男の身元を調べて誤解を解いてやりたいのだとも、鬼吉親分に話した。昔の恩を返すよい機会なので、親分の力を借りたいのだと続けた。

伊吉は三吉の事件についての鬼吉親分の見解を尋ねてみた。

「差配の卯三郎さんからも、三吉が殺されたと訴えられて困っていると聞いている。俺が出向いて有無を言わせないことも考えたが、それも大人気ないので放置してあるんだ」

「鬼吉親分、こんな風に出来ないものでしょうか。形だけでもいいから、親分にその男の身元をお調べいただきたいのです。それを使って、私がおくまを納得させるのです。調べる費用は私が払います」

伊吉は鬼吉親分の前に一両置いた。

「男の身元をお調べいただくお金です。足らないときは、のちほどお届けいたします」

鬼吉親分は、料理屋の下働きをする年寄りのために、一両の大金を払う男を不審な眼差しでじろりと見た。が、鬼吉親分はすぐ小判を懐にしまった。

「この件は大関の旦那がすでに幕を引いた。だから、事故とは無関係に、お前さんから、ある男の身元調査を頼まれたことにするぜ。それも最終的に男の身元は判らなくてもいい、との条件でな」

「それで結構ですよ。私の義理が立ちますからね。よろしく願いますよ」

伊吉は五日後に調査の結果を聞きにくることを約束して、鬼吉親分と別れた。

鬼吉親分は小遣い銭稼ぎに引き受けたのだから、徹底的な探索はしないだろうと伊吉は割り切っていた。ただ、鬼吉親分が岡っ引の意地からそれなりの探索を行い、なんらかの手掛かりをもたらす可能性にかけたのだった。

鬼吉親分は、三吉を誘い出した四十年配の職人風の男の調べを一分で熊吉に引き受けさせた。鬼吉親分にすれば、すでに決着のついた三吉の事件にかかわりたくなかった。万一、このことが上役の大関市之進の耳に入った場合には、熊吉が頼まれた別件の身元調査であると白を切る積もりだった。

「この身元調べは型通りにやればいい。手掛かりは、三吉が酔って竪川に落ちた晩に訪れた男の漠然とした姿だけだ。まず、三吉のおふくろと隣の女房から当たってみろ」

熊吉は亀沢町へ行き、おくまと隣の女房から改めて聞き込んだが、おくまが三吉は殺されたと言うだけで、格別目新しいことはなにもなかった。次に、鬼吉親分の手下仲間を居酒屋に誘い込み、三吉の身元を洗ったときに聞き込んだ情報を教えて貰った。死んだ晩に三吉が飲み歩いたのは、小料理屋初音と一杯飲屋安兵衛であった。店はいずれも、三吉の住む長屋からだいぶ離れた入江町にあった。

入江町は、本所でも有数な歓楽街で、横川の西岸の竪川と南割下水との間に挟まれた、酌取女が袖を引く遊び場である。熊吉は、三吉の人相書を鬼吉親分に借りて、日が暮れてから入江町の小料理屋初音へ行った。まだ女たちを冷やかす遊客がまばらな街は、行灯の灯だけが男を誘うなまめかしさをもっていた。酌婦たちは通りがかりの男に甘い声を掛けている。熊吉はその声を背中に受けながら初音へ進んだ。

初音の女将に三吉の人相書を渡してから、九日前にこの人相書の男ときた四十年配の男を覚えていないかを聞いた。女将は、三吉の顔は記憶にあるが、連れの男ははっきり覚えていないと言うだけで、収穫はなかった。部屋に料理と酒を運んだ仲居からは、年配の男の方が二人で内密に話すことがあるから、呼ぶまでは部屋へ来ないでくれと言われたことと、その男が三吉になにかを問い正していたことを聞き込んだ。

熊吉が初音を出たとき、入江町界隈は遊客も増え、酌婦の声にも張りが出始めていた。

次の聞き込み先は、一杯飲み屋の安兵衛であった。安兵衛は安直な飲み屋で、おでん料理に焼き鳥を出すこじんまりした店であった。親父と酌婦が気軽に客の相手をする店であったが、酒は秋田の剣菱を売り物にしていた。職人風の常連客が多く、時おり、娼婦も客引きに顔を見せていた。

親父に三吉の連れの男のことを聞くと、忙しかったので、二人連れの一見客については記憶がないとすぐ答えた。酌婦に同じ質問をすると、二人とも酒を浴びるように飲み、かなり酔っていた若い方が年配者を「親方」と呼んだことを覚えていた。彼らが安兵衛を出たのは四つ半を過ぎてからで、花町の方向へ千鳥足で歩いて行った、と付け加えた。

熊吉は深川元町へ彫師芳平を尋ねた。芳平は、蔦重の競争相手である永寿堂西村屋与八の版下を引き受けていた。

「三吉のことが知りたいのだ」

「三吉は五年前に破門した職人ですから、今はなんの関係もございませんね」

「そんなことは百年前から承知しているよ」

「本当になにも知らないのですよ。三吉とは音信がありませんから……」

「一つだけ訊ねたいのさ。三吉が親方と呼ぶのは誰れかな?」

「昔は、私をそのように呼んでいましたが、今は心当たりはありませんね。風の便りで、三吉が手間取の仕事を探していると聞きましたから、どこかの版下屋の親方かも知れませんな」

「版下屋の親方か?」

「そう考える外ありませんね。それにしても、三吉が仏になったと聞くと、哀れをもよおしますよ。腕は天下一品でしたからね。三吉がやくざな生活から足を洗い、詫びにくれば出入りは許すつもりでした。繰り言になりますかな」と言うや、芳平は涙ぐんでしまった。

伊吉が約束の日に鬼吉親分を訪れたとき、探索の結果は一枚の紙にまとめられてあった。
一、探し求める職人風の四十年配の身元は判明しなかった。
二、三吉が竪川に落ちた日の最終目撃者は入江町の飲み屋『安兵衛』の酌婦で、四つ半の刻頃であった。
三、職人風の男と三吉は最後に目撃されるまで一緒であった。
四、三吉は職人風の男を「親方」と呼んでいた。
五、職人風の男の背丈は五尺近い三吉とほぼ同じかやや低かった。
六、職人風の男は三吉に何事かを問い正していた。
伊吉は調べの報告書を受け取ると、鬼吉親分がここまで調べてくれたことに満足していると、丁重に礼を述べた。

「これで、三吉のおふくろも納得するでしょう。私も義理が果たせます」

伊吉は調べの礼金として二分を包んだ。

第五章　大首絵

一

良庵は、耕書堂の店先に飾られた役者の大首絵から受けた強烈な衝撃を今も忘れていなかった。寛政六年五月のことである。

役者絵に描かれていたのは、江戸最高の女形と絶賛されている三世瀬川菊之丞であった。菊之丞は、うりざね顔の美貌と艶っぽさのある演技で人気を得た、最高の給金を取る千両役者である。それなのに、大首絵に描かれていたのは、庶民が憧れる女形の美しさが強調された絵姿ではなかった。四十四歳の女形菊之丞の年輪と芸風で表現された武士の妻の半身像そのものであった。

良庵は熱に浮かされたように耕書堂へ飛び込んでいた。

「写楽の大首絵が欲しい」

「どの大首絵ですか？」

「何枚あるのか知らないが、ぜんぶ欲しいんだ」

「良庵先生、二十八枚ありますが……」

「代金はいくらになってもよい。全部買う」

「一枚四十文ですが、ほかならぬ良庵先生ですから、お勘定は一分におまけします」

良庵は小僧が大首絵を丁寧に包むのが待ち切れなかった。紙包みを受け取ると、駆けるように神田明神下の屋敷に戻った。

出迎えたおまさに「戻った」と一声かけただけで、そのまま書見をする座敷へ入った。気がせくままに紙包みを解くと、狂言ごとに五つの紙袋があり、一つには〈都座五月狂言　花菖蒲文禄曽我《はなあやめぶんろくそが》〉、次の二つには〈河原崎座五月狂言　恋女房染分手綱《こいにょうぼうそめわたづな》〉〈河原崎座五月狂言　義経千本桜〉、最後の二つには〈桐座五月狂言　敵討乗合話《かたきうちのりあいばなし》〉〈桐座五月狂言　花菖蒲思簪《はなしょうぶおもいのかんざし》〉と書かれてあった。

最初に、都座の紙袋を手に取るや、役者絵を一点、また一点と目の前に並べた。十一点すべてが黒雲母摺で背景を塗りつぶした大判錦絵である。宗十郎、菊之丞、富三郎、市松、八百蔵、三津五郎、半五郎、と良庵が知っている役者たちの顔がそこにあった。名だたる役者だけではなく、端役の役者までが個性豊かに描かれており、東洲斎写楽の落款があった。出し物は、五月恒例になっている曽我兄弟の仇討ち物だと直ぐに判った。

まだ袋の中になにかが残されているのに気付いた良庵が、それを取り出すと、〈絵番付〉である。どうやら耕書堂の小僧が気を利かして入れてくれたらしい。絵番付とは、公演中に芝居小屋で売られた絵入りの芝居解説書で、現代のプログラムに相当する。

この狂言の主人公は仇を打つ石井源蔵兄弟で、敵役に藤川水右衛門、源蔵兄弟を助ける若党田辺文蔵を配した、仇討ちものであった。三津五郎の源蔵と対になる形で、敵役水右衛門に扮した半五郎を向かい合わせに並べてみた。三津五郎の大首絵は仇討ちの場面であって、抜いた白刃を握り締めた源蔵は憎しみぬいた敵を睨みつけているものの、乱れた鬢、大きな鼻と口に悲壮感が漂っていた。本懐を遂げるだけの力強さは感じられず、返り討ちに遭う非運さが見事に表現されている。目だけが、宿敵水右衛門に負けまいと、必死な形相で睨んでいるのが印象的であった。

半五郎の扮する水右衛門のへの字に歪めた口と憎々しく突き出された顎に、相手をなめ切ったふてぶてしさと、源蔵をにらみすえるギョロ眼に、勝ち誇った力強さが読み取れた。二人の目を見較べるだけで、勝負の行方は明らかであった。衣装は、源蔵の襷掛け白装束と水右衛門の薄墨色とが対照的に描かれ、源蔵の刀を握り締める姿と水右衛門が着物の袖に両手を差入れた姿との対比が鮮やかであった。

良庵は声が出なかった。内面からにじみでる役者の演技力をこれほど的確に表現した役者絵を、見たことがなかった。大首絵をじっと眺めていると、それぞれの登場人物の台詞が聞こえてくるような錯覚に囚われてしまう。

次は、菊之丞の田辺文蔵妻おしず、市松の祇園町の白人おなよ、富三郎の大岸蔵人妻やどり木の三女形を描いた三点を、並べてみた。どれも、人気女形が舞台の役柄を見事に演じる個性的な絵姿であった。野郎歌舞伎では男が女役を演ずるから、女形の持つ男性的特徴を表現しないのが、役者絵を描く絵師の不文律であった。女形の魅力を絵師がどう表現し、どう美しく描くかが腕の見せ所であった。ところが、写楽の役者絵では、演ずる役者の顔付きや年輪までをあるがままに描き切った上に、積み重ねられてきた芸風から生み出される内面までが、鋭く表現されていた。

三世佐野川市松が演じる白人おなよの大首絵では、残酷までに男顔が強調されており、上半身の姿には女形らしさが感じられないのである。それでいて、指の仕草でおなよの女らしさをさりげなく表現する写楽のしたたかさに、良庵は感銘さえ覚えた。男が女を演じる自家撞着を鋭くえぐりながら、女では現せない女らしさを演ずる女形の演技力を的確に切り取っている。役者が演ずる役柄の心理描写までがなにげなく表現されているのだった。

三世瀬川菊之丞が演ずる田辺文蔵妻おしずを描いた大首絵は、ふっくらとした下ぶくれの顔、黒目がちな眸、受け口の小さな下唇など、当代切っての人気女形の個性があるがままに表現されていた。白襟に紅色と草色の下着の組み合わせが心憎かった。黒帯に入れた手に、女房のほのかな色気が匂うのである。無駄な線描を捨て、色使いを抑制しつつ、それでいて鮮やかな色彩を感じさせる非凡な技量を見せていた。

女形富三郎が演ずるやどり木では、エラのように張った頬骨の線を描き加えて、富三郎の欠点を包み隠さず表現していた。その顎の線を指で隠してみると、上品な色気がにじむしっとりとした女の顔になった。細面で吊り上がった目のやどり木の顔に、あえてその線を描き加えたことで、文蔵の仇討ちを助ける冷静で心の強い武士の妻の心意気を、見事に表現しているのである。下着の白、着物の橙色、打ち掛けの黒の色彩の組み合わせがもたらす安定感に、黒色の打ち掛けを摘まむ細く白い指先が女の情感を漂わせていた。写楽の洞察力と技の凄さがあった。

良庵はなんども大首絵に問いかけた。

――これは女形の役者絵なのだろうか？

良庵は、写楽の腕の確かさに驚嘆するだけではなく、写楽が作り出す独特の歌舞伎世界の魅力に囚われてしまった。それと同時に、無名であった東洲斎写楽にここまで江戸の花形役者を「あらぬさまに」描かせ、大首絵で刊行した蔦屋重三郎の企画力と胆力の凄さに今更ながら驚きを覚えた。

十一点の役者絵を見終わった良庵は、写楽の大首絵を相互に組み合わせると、それぞれ別の舞台空間が生まれることに気が付いた。大首絵を一点、一点、見る楽しみだけでなく、大岸蔵人とやどり木夫婦、田辺文蔵とおしず夫婦、源蔵と水右衛門の敵同士、源蔵と奴袖助の主従関係、水右衛門と文蔵との敵対関係などを組み合わせることによって、舞台を彷彿させる楽しみ方を生んでいた。

写楽の大首絵に酔い痴れた良庵は、夜中まで三座の役者絵二十八点を繰り返し見続けたので、床に着いたのは明け方になってしまった。良庵は床に着いても、興奮で眠れなかった。

写楽の大首絵に惚れ込んでしまった良庵は、すぐに次の写楽の役者絵を予約した。それも、刊行されたら一番先に届けるよう依頼した。

待ちに待った写楽の役者絵が七月に刊行されるとの知らせがもたらされた。早く大首絵を見たい気持ちとそれを延ばしたい気持ちとが心の中で葛藤を始めた。

約束の日に届けられた役者絵は、都座の七月狂言〈けいせい三本傘《さんぼんからかさ》〉と河原崎座の七月狂言〈二本松陸奥生長《にほんまつみちのくそだち》〉〈桂川月思出《かつらがわつきのおもいで》〉であった。桐座の役者絵は、八月狂言〈神霊矢口渡《しんれいやぐちのわたし》〉〈四方錦故郷旅路《よものにしきこきょうのたびじ》〉となるため一か月遅れになると知らされた。

役者絵の紙包みを受け取ったときの、良庵の喜びは天にも昇る心地であった。〈都座七月狂言　けいせい三本傘〉と書かれた袋を開いたとき、五月の大首絵の持つ迫力と絵に注ぎ込んだ心象描写を期待していた良庵は、落胆してしまった。取り出した都座の役者絵は、大判白雲母摺が四点に、大判より二回りも小さな単色黄潰しの細判が十三点であった。しかも、豪華な白雲母摺の大判役者絵には大首絵が一点も含まれておらず、すべてが全身像の絵姿であった。楽屋頭取浦右衛門の口上図が一点に、都座の大看板の宗十郎と菊之丞、八百蔵と半五郎、龍蔵と広次の二人ずつを組み合わせた三点であった。

——これはどうしたことだ?

もしやと思い、良庵は期待と不安が入り混じった複雑な気持ちで、河原崎座の袋を明けた。出てきた役者絵は、白雲母摺大判二点に細判が八点で、大判は彦三郎と半四郎、男女蔵と鬼次との二人を組み合わせた全身像であった。

結局、都座と河原崎座の二座の七月狂言の役者絵はすべて全身像で、大判が六点、細判が二十一点あった。良庵は、細判の形が全身像を描くのに適しているし、全身像の役者絵はそれなりの魅力があることは承知していた。だが、蔦重が写楽の感性と描写力を生かせる大首絵を一点も描かせずに、なぜ、このような全身像の役者絵に切り替えたのかが理解できなかった。少なくとも大判だけは、写楽の描写力を生かせる大首絵にすべきだと思った。

五月の大首絵については、役者の総意を代表する形で、各座の頭取から蔦重へ役者の贔屓筋への配慮を願いたい旨を申し入れた、との噂を良庵は耳にしていた。仮にそうであっても、江戸の出版界の異端児と注目された蔦重が、幕府の権力にさえ立ち向かう批判精神旺盛な蔦重が、そのような圧力に屈したとはとても考えられなかった。また、写楽にしても、役者の意向を配慮するくらいなら、最初からあのような大首絵を描かなければよいのである。

だとすると、蔦重が全身像の役者絵を刊行したのは、豊国に肩入れする和泉屋市兵衛に対する「男の闘い。男の意地の張り合い」としか考えられなかった。あるいは、春朗の細判全身像で失敗した失地回復が目的だったのだろうかとも考えた。写楽としても、全身像の役者絵で成功を収めている豊国に対する同じ思いがあったに違いなかった。

蔦重の狙いは、写楽を本格的に売り出すためにも、全身像を描くことによって写楽の別の魅力を引き出したかったのだ、と良庵は思い直した。

良庵は都座の三点の大版の役者絵を並べてみた。

一点は、柔和な宗十郎が名護屋山三に扮し、菊之丞が傾城かつらぎにふんした看板役者の絵姿であった。山三は、かつらぎ（実説では出雲阿国）が惚れた美男の恋人で、恋敵で親の敵でもある不破伴左衛門に仇討ちをする物語である。惚れているかつらぎが立て膝で坐り、その後に山三が立っている構図は、対角線で結んだ右半分が空白になっていた。それが、見る者に安定感を与え、二人の身体が組み合わされてできる曲線が柔らかに浮かび上がる描き方と、着物の鮮やかな色彩の組み合わせが、素晴らしかった。

大首絵と比較すれば、絵の与える印象は弱くなるが、個性ある役者が身体全体で作り出す雰囲気を写楽は掴み取っていた。全身像の役者絵であっても、写楽の非凡さはさすがであった。

ほかの二点の大判役者絵は、八百蔵扮する不破伴左衛門と半五郎扮する観音坊が見得を切っている絵柄と、龍蔵扮する浮世又平と広次扮する土佐又平の奴の見得を切る絵姿で、構図でも、色彩の組み合わせでも、写楽らしい劇的効果を見せていた。細判の役者絵でも、見得を切る姿、顔の表現、手と指の形、足の指先に、役者の個性と舞台表現をうかがわせる写楽の安定した力量が随所に示されていた。

写楽の全身像は、舞台のある瞬間を切り取った姿を写しているので、今にも役者が画面から動き出すような静中の動の印象を与えていた。

河原崎座狂言〈二本松陸奥生長〉は、大判一点と細判六点、〈桂川月思出〉は、大判一点、細判二点であった。出来栄えも、都座の作品と同様に満足のいくものであった。

良庵は、細判の役者絵でも写楽の方が豊国より優れていると軍配を上げた。蔦重が和泉屋に打ち勝ったのだから、十一月の顔見世興行では、写楽の大首絵が再び刊行されるぞと確信した。

八月に、蔦重から桐座八月狂言〈神霊矢口渡〉の役者絵が大判二点、細判四点、〈四方錦故郷旅路〉の細判五点が届けられた。すべてが全身像の役者絵であった。良庵は、正直いって八月の役者絵には落胆した。出来栄えが、前月の作品よりも落ちていたからであった。顔の表情が堅く、全身の線描が柔らかさを失い、色調に明るさが失われていた。役者絵から精気が消え、絵の訴える力が弱かった。

良庵は写楽が病んだのだと思った。

二

東洲斎写楽の非凡な描写力に魅せられた良庵の関心は、次第に写楽自身に移っていった。

行灯がじっと考え込んでいる良庵の顔をやわらかく照らしている。凍てつく冷気が良庵の思考力を鋭くさせるのか、良庵は身じろぎ一つしない。傍らに置かれた火鉢の炭火は、とっくに白い灰に覆われていた。ちりちりと灯油の燃える音だけが、部屋を支配していた。

浮世絵界の最高峰にいるのは歌麿であった。美人画では、清長は日常生活の中での健康な女性美を描き、歌麿は水茶屋や吉原の華麗な遊女を「女という肉体の感じ得らるる限りの快感に、悩んで、痺れて、正に艶れやうとしている」ように描いた。

だが、役者絵の世界では、春章が老いた今、歌麿に匹敵するような新しい浮世絵師は、まだ誕生していなかった。早くからこの新しい役者絵人気の到来を予感した蔦屋重三郎は、すでに春朗に役者絵を描かしていたのだが、期待した成果が得られないまま、役者絵の刊行を中断していた。

江戸の出版界は、通町組、仲通組、南組の三組に分かれた五十七軒の本屋仲間があった。西村屋の永寿堂、和泉屋の甘泉堂、蔦屋の耕書堂などが、絵草子や浮世絵で名のある絵師を奪い合う熾烈な闘いを繰り返していた。

この二、三年、江戸で評判の若手浮世絵師は、美人画で江戸画壇に登場した歌川豊国である。豊国が寛政六年一月に歌舞伎の春狂言に合わせる形で、〈役者舞台之姿絵〉と銘打った役者絵を和泉屋から刊行した。これが人気を博し、役者絵で名人と謳われた春章の後継者と目されるようになった。これに対抗する形で、上村屋が春英の役者絵を売り出した。

五月に入ると、沈黙を守っていた蔦屋重三郎が、和泉屋の豊国や上村屋の春英に対抗させるかのように、謎の浮世絵師写楽を世に送り出した。写楽の名は江戸中の浮世絵の好事家の間にあっと言う間にひろがった。しかし、写楽の役者絵の評判は相なかばした。

ある人は写楽の役者絵が長続きしないことを歌麿の美人画を例にとって説明した。歌麿は妍を競う水茶屋の名花を美しく描き上げることで、「当代女絵名人、この上なし」との評判を取っていた。そこに描かれた女たちは、誰もが憧れ、惚れたくなる華麗な美女に昇華されていた。歌麿は誰もが美しさを認めたおんなを庶民が望んでいる美しさで表現した。歌麿美人の顔は、わずかな個性の差を除けば、輪郭、目、口、耳などは類型化されていた。それでも、女絵名人と謳われたのは、歌麿が瞬間的に女性美を捉える感受性、滑らかな線描による表現力、抑揚のきいた色彩感覚、小道具を生かす場の設定力を生かす天才であったからである。

写楽の役者絵はまったく逆であった。庶民の憧れの歌舞伎の世界の華である役者を「あらぬさま」描くことによって、夢のある華やかな千両役者の素顔を白昼に晒してしまったのだ。それは、庶民が夢を求める役者絵ではないから、写楽の人気は長続きしないと批判されたのである。

良庵はこの見解に与しなかった。写楽こそ浮世絵の表現力を最大に生かした絵師であると拍手を送ったのだ。歌舞伎は、役者が舞台でその役柄をどう演ずるかが醍醐味であり、役者絵は、役者が表現した登場人物の魅力を絵師が豊かな表現力でどう描くかが楽しみなのだ。写楽の役者絵は、役者の個性と演ずる役をあるがままに描くから、演じられる舞台を彷彿させてくれるのである。江戸の庶民たちは、自分の家で芝居の醍醐味を満喫できる楽しみがふえた、と喜んだのだ。

勝川派や鳥居派の役者絵とは異質で独創的な大首絵を生み出した東洲斎写楽は、すべてが謎だらけであった。良庵は、東洲斎写楽についてとことん知りたかった。しかし、蔦屋重三郎と親しい誠四郎に東洲斎写楽の出自について訊ねても、「蔦重は何も明かさないんだ」と答えるだけであった。誠四郎にも語らない秘密を、良庵が蔦屋重三郎に直接聞き出すことは礼を逸することであった。

東洲斎写楽の謎を解く方法には、活躍している絵師の描いた浮世絵の描写法や描写の癖から、東洲斎写楽の役者絵との類似点をたどるやり方があった。だが、良庵は、絵を描く能力もないし、描写の細部を分析する審美眼もないからこの方法を取らなかった。それに、浮世絵は絵師だけではなく、下絵から版木を彫り起こす彫師の技量や、彫られた線描を刷り出す刷師の技が生み出す、総合芸術であったから、作品の細かな類似点を挙げつつ、絵師を特定する難しさを知っていた。

浮世絵の刊行は金と時間をくう賭けの要素が大きい商売で、刊行した浮世絵は売り切らなければ金をどぶに捨てるようなものであった。それに、下絵を描かせ、版木を彫り、版画に刷り上げるだけではなく、町奉行所の承認をもらう手続きが必要で、時間との闘いでもあった。だからこそ、浮世絵の世界は、名の売れた絵師を奪い合っているのであり、経験のない素人絵師や画歴のない者をいきなり登用できるほど甘くないのである。ところが、東洲斎写楽には、浮世絵師としての修練期の痕跡がどこにも残されていなかった。蔦重がいかに豪胆な絵草紙問屋であっても、少なくとも絵草子の挿画で試すことくらいはやるはずであった。

東洲斎写楽にまつわる謎を解くために、良庵は一つの仮説を立ててみた。東洲斎写楽が無名の絵師から発掘された者ではなく、実力を持った名のある絵師が〈東洲斎写楽〉を名乗った、と仮定したのだ。東洲斎写楽は、すでに別の絵師名で浮世絵を描いた経験を持ち、それも蔦重の眼鏡にかなった浮世絵を発表した絵師である、と考えたのである。それならば、蔦重は独創性のある役者絵に賭けることができ、高価な黒雲母を使ってまでも、一度に二十八点の大量刊行に踏み切れたのだ。この役者絵の誕生には、事前に蔦重と絵師とで入念な話し合いが行われ、蔦重一流の合理的な計算が働いていたに違いない、と良庵は考えたのだった。そして、〈東洲斎写楽〉という落款に本当の絵師を探る手掛りが隠されている、と仮定してみたのだ。

この仮説を立ててみたものの、簡単に解ける謎ではなかった。浮世絵について庶民たちが興味を抱くのは、絵師の師弟関係や版元とのかかわりだけであったから、浮世絵師について調べる資料がないのである。

先ほどから良庵が見ていたのは、名のある浮世絵師を書き上げた表である。表には、絵師の名前だけではなく、年齢と住所が書き入れてあった。年齢を書き入れたのは、蔦屋重三郎が四十五才であり、その交友関係を探りたいためである。

写楽の役者絵の鋭い描写力を勘案して、峠を越した絵師である五十五歳の北尾重政や五十四歳の磯田湖龍斎と歌舞伎堂艶鏡を、良庵はあえて除外した。勝川春好は中風で右手が不自由なので除いた。

北尾政美（三十才）　へっつい岸
北尾政演（三十三才）　京橋銀座
鳥居清長（四十二才）　本材木町
鳥居清政（十八才）　本材木町
喜多川歌麿（四十一才）　久右衛門町

勝川春朗（三十四才）　本所
勝川春英（三十二才）　新和泉新道
歌川豊国（二十五才）　芝三島町
酒井抱一（三十三才）　小網町
司馬江漢（四十七才）　橋本町
十返舎一九（二十九才）　通油町

表に住まいを書き入れたとき、絵師たちの多くが旧吉原に近い地域に住んでいることに興味を覚えた。江戸の町人文化が色街の土壌から育ったように、浮世絵は粋の雰囲気を濃厚に残した旧吉原に近い街に住む絵師によって生み出されていたのだ。また、この地域に江戸を代表する版元の店が多いことも知った。

「まあ、飽きもせず熱心なこと。写楽の岡っ引さん！」と妻のおまさが座敷に入ってきた。おまさは、夫が「写楽の贔屓筋」から「写楽の岡っ引」へ変わったことを冷やかしたのである。

「さあ、温かな甘酒を召し上がれ」

おまさは甘酒を入れた茶碗を良庵の前に置くと、夜遅くまで書見をする夫のために火鉢に真っ赤な炭を埋めた。

「『写楽は写楽です』とすればよいと思うのですが」

「そう言われると、身も蓋もなくなる。取り敢えず私の考えを聞いてくれ」

おまさはまたかとの表情を見せたが、夫と交わす会話の楽しみで顔がほころんでいた。まだ子供を持たない良庵とおまさは、会話を交わすことで冬の長い夜を過ごすのが楽しみなのである。

「お手上げなんだ。暗闇の中で手探りしているありさまさ。浮世絵師系図では、絵師は鳥居派、勝川派、歌川派、鳥山派に属しているのが普通なのだが、東洲斎写楽の名前はどこにもつながらないんだ」

良庵は甘酒を一口飲むと説明を続けた。

「手掛かりは、東洲斎写楽という落款だけだ。東洲は広く解せば日本または江戸、狭く解せば江戸城の東にある洲となるんだ。だが、日本または江戸とすると、絵師の手掛かりを残した意味が薄れてしまう。だから、私は狭い解釈を選ぶことにした」

「東洲を場所と見た場合はそうかも知れませんが、すでにある名を使った可能性も有りますよ。例えば、役者の大谷広次が用いた古い俳名が東洲なの」

「知らなかったな。写楽の描いた役者の中に、東洲という俳名をもつ大谷広次がいるとは……。でも、歌舞伎の世界から、しかも俳名から簡単に底が割れるようでは、仮名にする必要はないぞ」

「そうね。大谷広次が絵師の写楽だと、頭隠して尻尾隠さずになるわ。簡単に尻が割れるくらいならば、とっくに重三郎さんは瓦版で話題作りに利用しているわね」

おまさが話を戻した。

「それで、江戸城の東にある洲の謎は解けたの？」

「江戸城の東にある洲とは、大川の河口近くにある地域だと考えたんだ。例えば、深川などが該当するな。ここから、東洲が指している暗意とは、絵師が住んでいる場所または生まれ育った場所であると解釈したんだ」
「なぜ、絵師の出生地を考慮するの?」
「浮世絵の版元の多くが、泉市を除くと、通油町などの旧吉原周辺に店を構えているために、絵師も旧吉原辺りに住むのが自然の成り行きになるからさ」
「それで、出生地を条件に加えたのね」
良庵は絵師の出生地をおまさに示した。
「歌麿さんは出生地が川越だからはずしたのね。一九さんは駿河か」
「その結果、政美、政演、清長、清政、春朗が残ったのさ」
東洲につながる出生地を持つ絵師は、次の五人であった。
北尾政美　杉森新道(新材木町付近)
北尾政演　深川木場
鳥井清長　新場(本材木町付近)
鳥井清政　新場(本材木町付近)
勝川春朗　本所割下水
「清政さんは、清長さんの息子だから、清長さんに含めて考えることにすればいいわ。春英さんはどうなったの?」
「春英は出生地が判らないんだ」
「それなら、春英さんは残すべきだわ。少し絵師について説明してほしいわ」

「政美と政演は、北尾重政の兄弟弟子だ」

「政演さんは、浮世絵をやめて、山東京伝の名前で本を書いているし……」

「春朗は、役者絵の名手勝川春章の弟子で、春好や春英とは兄弟弟子にあたるんだ。年齢から見ても、画歴から見ても、一番油ののった絵師だ」

「決め手がないのか。では、絵師と版元との関係は、どうなっているの?」

「役者絵に限れば、豊国が和泉堂市兵衛から刊行されているように、主な版元は、清長が鶴屋喜右衛門の所で、春英が播磨屋新七と上村屋与兵衛の所だな。いずれも蔦重の手強い競争相手の店だね。それに歌麿さんの例のように、あちこちの版元から刊行する場合もあるし……。それだけに、ここから一人に絞り込むのが難しいんだ」

「そうか。では、写楽はどう解釈するの?」

「写楽の意味を『役者を描いて楽む』としたものの、これでは余りに漠然として掴まえどころがないのだ。どうしても前へ進めないのさ」

「写楽は、役者に好意を抱き、芝居が好きな人に違いないと思うわ。だから役者絵を描いたのよ」

「おまさ、そう突き放さないでなにかいい知恵が浮かばないか?」

おまさは、良庵に頼られるのが嬉しかった。

「写楽とは、『役者を写すことを楽しむ』『役者を写して人を楽しませる』『洒落のもじり』など、いろいろ考えられるわね」

「洒落が判る絵師か……」

「そうなると、写楽斎にした方がもっと洒落になるわね」

「おまさには参ったな」と良庵は思わず笑い出してしまった。

それにしても、おまさの指摘は本質を鋭く突いていた。

『役者を写すことを楽しむ』と解釈した場合は、本来の絵師名が用いられないと論理的には矛盾する。絵師が写すことを楽しんだ証拠に、刊行する役者絵に自分の落款を入れなければならなくなるからである。

『役者を写して人を楽しませる』と解釈した場合は、役者絵の方を重視するから、それを描いた絵師名は仮名でもよいことになる。良庵は、写楽とは『役者を写して人を楽しませる』と解釈することに決めた。

この夜も、写楽をめぐる夫婦の会話が遅くまで続いた。

第六章　対決

一

大詰めを迎えた糸屋儀三郎との交渉は、詫び状を出さざるを得ないところまで誠四郎を追い込んでいた。はやぶさ屋の失態と信用失墜をあからさまにする詫び状が加賀屋の手に渡れば、はやぶさ屋はかつてない窮地に陥れられることになるのだ。

既得権にどっぷり浸かった加賀屋と、新しい経営感覚で飛脚業を再構築するはやぶさ屋の対立は、一触即発の状態にあった。二月に発せられた物価引下令により、町奉行所が飛脚料の引き下げを求めてきたことが、対立を決定的にした。加賀屋は、飛脚に支払う賃料の引き下げによって町奉行所の要請に応えることを主張した。この案に、誠四郎が不景気で生活の苦しい飛脚を犠牲にすべきではないと反対したのだった。結果は足して二で割ることに収まったものの、加賀屋には、誠四郎が目の上のタンコブに映ったのである。それだけに、はやぶさ屋の失態は、旧勢力の加賀屋に新勢力の旗頭を叩く千載一隅の機会を与えかねなかった。

糸屋儀三郎から届けられた書状には、明朝の六つ刻に糸屋へ御足労願いたいとしたためられてあった。しかも、書状は加賀屋の飛脚によって届けられた。書状の届け方や交渉の時刻を明け六つ刻と指定した儀三郎の執念深い性格とむきだしの敵意に、誠四郎は思わず苦笑してしまった。

全面対決の時が訪れたと臍を固めた誠四郎はただちに約束の時刻を違えることはない旨の返書をしたため、一番足の速い鳶吉に届けさせた。

翌朝、誠四郎は木枯らしが吹き荒む音で目覚めた。誠四郎は凍てつくような廊下に出て座禅を組み、心の流れるままに任せた。――名誉……誹謗……金……信頼……憎悪……と胸中に次から次に雑念が浮かんだ。肌を刺す寒気が次第に薄れ、切り裂くような風音が遠のいていく。

……色即空……。

明け六つの小半刻前に、手配した宿駕篭で誠四郎は麹町隼丁へ向かった。糸屋の店先に着いたときに、芝増上寺の明け六つの鐘が鳴った。誠四郎は、駕篭かきに酒手を渡し、半刻後に迎えに来るよう告げた。

冷えきった奥座敷に通された。間があって羽織袴の儀三郎が現われた。

「早朝からお出でいただき申し訳ございません。年末の売り出しの用意とお得意様の晴れ着の注文で時間が割けなくて、このような時刻になりました」

「早朝の話し合いは、私にも好都合で御座います。それに、飛脚屋は朝が早いので苦になりません。今回の件は、手前共の不手際から生じたことで御座いますので、お気になさらないでください」

「お店の飛脚を襲い書状箱を奪った犯人は、お判りになりましたか?」

「色々と手を尽くしておりますが、まだ手掛りも見出せません。一日も早い解決を願っておりますが、まだまだ時間がかかると憂慮しております」

「早く解決されるとよろしいですな。ところで、事件が発生してから半月以上経過いたしましたので、本日は店がこうむりました損害の件について決着をつけたいとぞんじます。まず、はやぶさ屋の責任の取り方はどのようになりますか、お聞かせください」

「前回申し上げた通り、手前どもが掛けたご迷惑については責任を持って解決します。どうか、被害を受けた糸屋さんの方から解決する条件を申してください」

闘いは始まった。誠四郎は儀三郎の目をじっと見つめた。静寂な刻が流れて行く。先に動いた方が負けなのだ。

動いたのは儀三郎の方であつた。

「では糸屋《わたし》の条件を申し上げましょう。一つは、はやぶさ屋誠四郎のお名前で詫び状をお書きいただくこと、その二は、見舞金として五十両を糸屋へお支払いいただくことでございます。詫び状の文面はここに用意いたしました」

誠四郎は渡された詫び状の文面をゆっくり目を通した。

詫び状には、〈はやぶさ屋は手落ちにより糸屋儀三郎殿から委託された書状を失いました。この失態は糸屋儀三郎殿に信用失墜と多大なる損失を及ぼしました。この責は一切はやぶさ屋にあります。はやぶさ屋誠四郎は糸屋儀三郎殿へ見舞金として金五十両をお支払い致します〉と書かれてあった。

「糸屋様のお申し出のご主旨はよく判りました。詫び状の文面の本筋はこの内容で了承いたしますが、曖昧な箇所をご修正いただきたいのです」

「曖昧な箇所とはどの部分でしょうか？」

「〈多大なる損失〉と書かれた部分でございます。多大なる損失だけでは、見舞金の五十両の妥当性が見いだせません。〈多大なる損失〉の表現を〈損害額は五十両〉へと修正させてください。損失額が百両ならば、見舞金は百両をお支払いいたします」

「五十両は私の店が被った損失に対する見舞金です。見舞金とは、はやぶさ屋が誠意を示すために支払うものではないのでしょうか。見舞金と損失額を一致させる必要はないとぞんじますが？」

「損失額が確定しなければ、補償金も見舞金も決められません。それを償なわせていただくことがはやぶさ屋が責任を果たし、誠意を示すことになります」

「損害額ははっきりしておりますが、損失の裏付けとなる証文をお示しすることは糸屋の信用を損ねますのでできません。証文を示せませんから、見舞金と表現したのです」

「どうか損害の金額をおっしゃって下さい。証文は見せていただかなくとも、糸屋さんを信用いたしますよ」

儀三郎は損害金をいくらにするかを思案しているに違いなかった。

儀三郎が意を決したように口を開いた。

「損失額は金五十両とお書き願います」

「では、文面は、〈損害額は金五十両と見込まれるので、はやぶさ屋は損害補償ならびに見舞金として金七十両を糸屋儀三郎様へお支払い致しました〉と書き換えさせていただきます。金七十両の内訳は、損害に対する補償金五十両、信用失墜に対する見舞金二十両となります」

誠四郎は懐から七十両を取り出すと、服紗に包んで儀三郎の前に差し出した。

「損失額の補償をして頂いた上に、信用失墜の見舞金まで頂いては過分にすぎます。見舞金はご辞退させていただきます」

「商人にとって信用は命より大切なもので、お金に替え難い財産で御座います。その信用が損なわれた見舞金としては二十両では少なく、ご不満かも知れませんが、これをお納めいただかないと、はやぶさ屋が世間の笑い者になります。どうかお納め願います」

誠四郎は深く頭を下げた。

「見舞金はよろしゅう御座います」

辞退する儀三郎に対して、誠四郎はもう一度「お納め願います」を繰り返した。

「判りました。それでは、この内容で手打にいたしましょう」

誠四郎は用意された用紙に詫び状とその控えを書き、二人は記名捺印した。

儀三郎の笑顔に送られて誠四郎が糸屋の表に出ると、木戸番小屋で待機していた高砂屋の駕篭が走り寄ってきた。

誠四郎は帰り駕篭の中で糸屋との遣り取りを反芻してみた。苦い勝利であった。が、儀三郎が金に汚いとの噂の通り、この交渉でも彼の卑しさが最後まで残ったことが、誠四郎に幸いした。

儀三郎の目的ははやぶさ屋の詫び状を手に入れることであった。ところが欲が出たために、誠四郎が仕掛けた罠に乗ってしまったのだ。証文を示さずに、損害額を五十両に確定させ、さらに見舞金二十両上乗せすることに同意してしまった。

誠四郎は予想される加賀屋の攻撃にどうにか耐えられる手が打てたと思った。

二

忠吉は見えぬ敵から長谷川重太郎を護ることを命じられた。それは、はやぶさ屋からの問い合わせで、志津が長谷川重太郎宛に出した書状を嫉妬深い孫左衛門が知るところになったからである。長谷川重太郎に対する襲撃は、闇討ちに近いものになるだろうと予想された。それも、重太郎が十日置きに父親の薬を湯島聖堂の近くの医師へ取りに行く暮れ六つ頃が一番可能性が高かった。

それだけではなく用心のため日中の襲撃にも備えることにしたのだ。襲撃者を監視する仕事は杖術が使える忠吉がすることになったが、襲撃は公になりやすい勘定方への登城のときではなく、退出のときになるだろう、と予測された。

忠吉は本石町の八つの刻を知らせる鐘を聞くと、店を出て神田橋御門へ向かうのが日課となった。江戸城内で一刻毎に鳴らされる太鼓が未の刻を知らせたあと、半時ほどで、重太郎は和田蔵御門から退出するからである。

重太郎の帰宅は絵に描いたように、和田蔵御門を出て神田橋御門を通り、湯島の昌平橋を渡り、湯島天神脇から不忍池を経て、自宅へ戻った。重太郎は寝たきりの父親の世話をしていたのである。

毎日、重太郎に気づかれぬように、五、六間後を四方に目を配りながら付けることは、緊張を強いられる辛い仕事であった。忠吉は時々重太郎に危険が迫っていることを告げたい誘惑に駆られた。

忠吉はいつも杖を携帯していた。落合兵衛から指南を受けている杖術は神道夢想流の一派で、使用する杖は長さ四尺二寸、直径八分の樫木作りであった。兵衛は稽古の中で「杖は突けば槍、払えば薙刀、持たば太刀となる万能の武器である」と教えた。その杖を右手、左手、両手と自分の手足のように自由自在に、しかも連続的に使えるまでに忠吉は鍛えられていた。

ある日、忠吉が神田橋御門で見張っていると、重太郎の五、六間後を付けている二人の武士に気づいた。一人は三十年配の大柄な侍で、一人は体の引き締まった小柄な若侍であった。

人通りの多い大道であったので、取りあえず忠吉はその武士の五間くらいあとを注意深く見守りながら付けることにした。二人は重太郎を追うことに気を取られ、無警戒であった。

忠吉は襲撃を受けけやすい場所を想定してみた。人通りがまれとなる湯島天神の切り通しあたりが、絶好の場所に思えた。忠吉は足早に武士と重太郎を追い抜き、昌平橋の袂へ先回りした。切り立った底を流れる神田川に架かる昌平橋上では、湯島聖堂の学問所帰りの若侍が声高に話し合っていた。その人影に紛れて、重太郎がくるのを待った。

やがて、重太郎の姿が昌平橋の広小路に現れた。忠吉は重太郎をやり過ごし、何げない素振りで彼のあとに従った。重太郎との間合いを広く保ち、全神経を背中に集中させた。うしろの二人が忠吉に近づきだすと間合いを意識的に広げた。これを数回繰り返すうちに、湯島明神脇を通り過ぎていた。

上野池之端仲町を過ぎ、不忍池の向こうに松平伊豆守の屋敷が見えてきた。いつの間にか二人の姿が消えていた。忠吉は来た道を急いで戻り始めた。昌平橋を渡り、神田橋御門先の酒井雅楽守の屋敷あたりで二人を見出した。

　忠吉は見失う恐れのない距離を保って尾行を続けた。二人がたどる道筋はおよそ推測できたし、重太郎を守る役目がないだけ気楽な尾行であった。二人は、右手に和田倉御門、馬場先御門を見ながら日比谷御門を渡り、桜田御門脇を通ると、井伊掃部守の屋敷を左に折れ赤坂御門へ向かった。

　屋敷塀の道を話しながら進む二人の足取りは早いが、人通りも少ないから見失うことはない。四ツ谷御門近くの麹町十丁目あたりで、忠吉は尾行を打ち切った。

　その夜、忠吉は久しぶりに居酒屋だるまに足を運んだ。いつも座るあたりに腰をすえると、湯豆腐と酒を注文した。

　権蔵と弥太が寒さに身を縮めながら店に入ってきた。

「権蔵さん、こちらへどうぞ。めっきり寒くなりましたね」

「今晩は。忠吉さんはこのところしばらく顔を見せなかったね」

「今年は冷え込みが強いので、炭の注文が多く、上州へ仕入れに行かされたものですから。昨日、江戸に戻ったのです。今夜はおごらさせてもらいますよ」

「ねえさん。俺たちも湯豆腐に焼き魚だ」

　酔いが知らず知らずの内に打ち解けた雰囲気を生む。

「私が江戸を留守にしていた間になにか面白い噂話は有りましたか?」

「四月に大童山文五郎という子供の力士が評判になったが、閏十一月に彼の土俵入りが見られるそうだ」

「そうですか。私も、この夏、深川富岡八幡宮の勧進相撲で土俵入りする大童山を見ましたが、ただ、ぜい肉がついただけの童にすぎない……」

「松平越中守のお陰で、楽しみがめっきり少なくなってしまったな」

「岡場所が減らされ、湯屋の混浴もご法度になったし……」

「だから、両国の見世物小屋で珍奇な見世物が流行るのさ。今度の旅では、珍しいものを見ることができましてね。ねえさん、酒を三本追加だ」

「いったいなにを見たんだい？」

「仇討ちなんですよ。親を闇討ちされた伜が伯父と二人で、上州の高崎で敵《かたき》を見つけたんです」

「仇は討てたのか？」

「ところが、講談で聞いた荒木又右衛門や高田馬場の堀部安兵衛の仇討ちみたく格好よく勝負がつかないのさ。片方が切り込むと片方が逃げる。突くと飛び退がる。一歩踏み込むと二歩退くという風に、間合いがつまらないから、なかなか勝負がつかない。双方とも軽い手傷を負っても致命傷にいたらないのです。体力負けした敵の方が突き殺されたが、一刻ほど掛かったね」

「目出度し目出度し……」

「でもお侍は大変だと思いましたね。私は剣術を知りませんが、権蔵さんや弥太さんはさぞかしお強いのでしょうね」

「馬鹿を言うなよ。俺たちは中間だよ。少しは剣術を習ったが、天下太平の世の中だから真剣を振ったことは一度もないんだ。今どき、旗本屋敷に真剣勝負が出来る侍などいないさ」

「伏見邸には八人程のお侍が居るではありませんか。さぞかし剣術の強いお侍がいるのではありませんか？」

「そうだな、小野派一刀流の中目録免許を得た者が二人で、その一人が大目録皆伝が近いと聞いている。だが、今の剣術は組太刀の練習が主で、それも竹刀での試合だから人は切れないな」

「大目録皆伝が近いお侍はどなた様なのですか？」

「奥田弥一様さ」

「奥田様と言いますと、大柄でがっしりした三十過ぎの年配のお侍ですか？」

「よく知っているね？」

「いや、午後に配達で通りかかったとき、偶然にお屋敷に入るお侍をお見かけしましてね。剣術が強そうなお方に見えたものですから」

「たしか奥田様は、小関様とお出掛けになっていたな」と弥太が思い出したように言った。

「小関様も剣術使いですか？」

「小関様は、奥田様とよく連れ立って稽古に出掛けるのさ。居合抜きが得意技で、腕は屋敷で一番だと言われているぜ」

「ねえさん、酒を三本追加だ」

酒は時を忘れさせる。空になった燗筒《ちろり》が食台に七、八本転がり、ほどよく酔いがまわった中間を残して、忠吉は居酒屋をあとにした。

忠吉は店に戻ると、今日の出来事を誠四郎へ話した。

「本当によくやってくれた。襲撃者に居合抜きの達人がいることを掴んだのは大手柄だったぞ。それにしても、定飛脚吉次の土産話を上手く使ったな」

「でも、私は落合先生に居合抜きのかわし方は教えて貰っておりませんよ」

「居合抜きの太刀をかわすことは、よほどの武芸者でないと難しいんだ。二人の武芸者が相手では、私でも難しい」

「私はどうすれば……」

「昼間の警護はそのまま続けてくれ。ただ、歩きながら杖を動かし、うしろを振り返るなどして、お前が長谷川様を警護していることを相手に気づかせるんだ。二人に、昼間の襲撃が難しいことを悟らせるだけでいい」

「長谷川様にも気づかれますが？」

「それでよい。私が長谷川様にお話しする」

その夜、誠四郎は落合兵衛へ手紙を認めると、根津権現下の長谷川重太郎の家に行き、伏見孫左衛門による危害の可能性を伝えた。重太郎が湯島聖堂近くの医師へ薬を取りに行く日時は二日後の暮れ六つを小半時過ぎた頃である、と確認した。当然ながら、襲撃の対応についても打ち合わせた。

翌朝早く、落合兵衛は忠吉に居合抜きに対する杖の使い方を教えた。

「よいか、これだけは肝に命じとけ。襲撃者がお前を襲うときは必ず背後からくると思え。まず、抜き打ちでお前を切り捨てて進み、長谷川殿を襲う。だから、お前は背後の二人の動静に全神経を注ぎ、とくに足音に注意しろ」

庭に出て忠吉を歩かせ、背後から生じる足音を聞かせた。

「間合いを詰める足音を察したならば、杖を後ろへ突き出し自分の間合いを作り、大声を上げて逃げるのさ。白昼に江戸の町中を白刃を引っ提げて追う馬鹿者はいないから大丈夫だ」

「長谷川様はどうなりますか?」

「すでに、誠四郎が長谷川殿に十分な策を授けておられるから、お前は逃げるだけでよい」

「すると、私は自分のハエだけを追えばいいのですね」

「その通りだ。しかし、相手にお前の存在を印象付けて、襲撃させないのが上策だな。出来るだけ目立つようにして、長谷川殿の後に従え。通りがかりの人たちの注目をお前に集めるのだ。彼らに襲撃の隙を与えるな」

兵衛は忠吉に襲撃されたときの身のかわし方をなんども繰り返させ、襲撃者の第一撃を防ぐ身のこなしを覚えさせた。

「あと数日の辛抱だ。しっかり頼むぞ」

外出するとき、忠吉は隼の姿を模様化した青木綿のはやぶさ屋の半纏をまとった。神田橋御門で重太郎に大袈裟に挨拶を済ますと、三間ほどの間隔をあけて付き従った。ときどき後ろを振り返り、伏見家の刺客が追尾していないかを確認した。

忠吉は伏見家の刺客に気付くと距離を注意深く見極め、その間隔が縮まると口笛を吹き、杖で地面を強く叩いた。周りの人たちはおかしな行動をする忠吉を不審げに見て、囁き合っていた。その間に、重太郎は歩く速度を上げるのだった。

打ち合わせた通り、重太郎は昌平橋を渡ると、直進しないで右に折れ神田川に沿って進み、人通りが多い御成街道に入った。忠吉が御成街道を少し進んでからうしろを振り返ると、もう二人の姿はなかった。重太郎は無事に帰宅した。翌日も同じことが繰り返された。

三

伊吉はもう一つの仕事に追われていた。三吉が手間取りをした役者絵の版元を割り出すことである。おくまの話によると、三吉は幼い頃から木屑を拾って来ては細工をすることが好きだったそうである。十一歳で深川元町の彫師芳平へ弟子入りした。親方にも目を掛けられ、非凡な才能が厳しい修業で磨かれて、二十五歳で毛彫を任されるようになっていた。

腕が上がり金が入るようになると、三吉は若さと金の力に任せる無鉄砲な遊びに走った。入江町や松井町の小料理屋や飲み屋でちやほやされ、深川の仲町や入船町の岡場所に入りびたりになり、坂をころげ落ちるように身を持ち崩していった。心配した親方の意見も聞き入れず、本所の中間部屋の博奕場へ顔を出すようになった。女と博打で落ちるところまで落ちたとき、三吉は破門されてしまった。

それでも、三吉の腕を惜しんだ職人仲間が時々小遣い稼ぎの手間取りの仕事を回してくれた。腕がいい三吉は卓越した技量がいる毛彫りの仕事を任せられることもあった。このような三吉の仕事振りであったので、おくまは誰に頼まれて仕事をやっているのかまったく知らなかった。

伊吉は三吉が出入りしていた版下屋を探すことに明け暮れていた。兵衛から伝えられた顔見世役者絵の版元は、写楽の蔦重、豊国の和市、春英の播磨屋の三軒である。

当時の出版手続きは、企画を立てた版元が自分の所属する組の行事に稿本（版下絵）と〈開版出願書〉を提出する。行事は重版・類版をチェックするために、稿本を版元仲間に回覧〈回し本〉する。その上で、稿本と願書を行事が〈書物掛町名主〉へ差し出す。町名主の了解が得られれば、出版担当の江戸三町年寄の一人である奈良屋市右衛門へ届ける。これらの段階を経て、最終的に江戸町奉行に開版許可を申請するのである。町奉行の開版許可が降りると、稿本が行事に戻され、行事は願書と稿本に〈極印〉と呼ばれる割り印を押して版元へ戻した。

ここから、実際の開版作業に移り、版下絵が版木屋へ回され、彫師が乾燥させた櫻の版木に彫りおこすのである。

浮世絵の製作過程で彫師と摺師が果たす役割は極めて大きい。線描と色彩が織り上げる浮世絵は、絵師と彫師と摺師との分業による総合作品であった。絵師の描いた美の世界を具体的な作品に仕上げて行くのは、彫師と摺師の力であった。当然に、彫師の技量が絵師の描いた版下絵を生かしも殺しもした。彫師は、絵師の描いた版下絵を張った版木に自分の感覚と技量で彫りを進める。細かな部分の線描は彫り師の裁量に委ねられたから、版下絵の線と版木に彫られた線は微妙な違いが生じる。版木が生み出す独特の線描を熟知している彫師の方が、浮世絵に摺出したときの表現効果を的確に読むことができるからであった。

浮世絵の評判を左右しかねない彫師の役割を知っている大手版元は、自店の浮世絵の水準を保つため彫師を専属化していた。

伊吉は刊行点数の少ない版下屋から潰していくことにした。最初に春英の版元播磨屋の彫清を訪れた。親方は清兵衛である。清兵衛の話では、今回の春英の役者絵は十点ほどで、三吉のような手間取りの彫師は一人も使っていないとのことであった。

次ぎに訪れたのは、芝神明門前町の北側に位置する三島町の和泉屋市兵衛であった。豊国を売り出した甘泉堂は写楽を刊行した蔦屋重三郎の耕書堂と役者絵を競っていた。甘泉堂は顔見世狂言の役者絵を七点ほど作成していた。

甘泉堂の版下屋彫善の仕事場は赤羽橋近くの三田一丁目にあった。親方の善助に三吉のことを問い合わせると、彫師や下働き職人はこの界隈の者だけを使うから、本所あたりに住む手間取は使わないとの返事が返ってきた。

残るのは蔦重の版下屋だけになった。蔦重が使う版下屋が神田相生町に住む彫新で、その他に読本の版下を受け持つ彫竜があった。

彫新の新八親方は、蔦重が初めて『一目千本』という遊女評判記を刊行したときに使った彫師である。彫新は蔦重の出版が順調に実績を上げると共に力を付け、やがて主要な版下を受け持つようになっていた。

伊吉が新八を訪れたとき、仕事場は読本や浮世絵の版下の彫りで熱気に溢れていた。仕事場は版木や削り屑で乱雑を極めていたが、彫る流れには少しの停滞も感じられなかった。

版木の彫りは、櫻板に人物の輪郭や背景を彫る胴彫と、顔、髪、手足などの主要部分を彫る頭彫に分かれている。浮世絵の良し悪しを決めてしまう頭彫は、親方格の職人が指先に全神経を集中させて彫るのだ。

親方の新八は五尺ほどの中肉中背で四十年配の精力的な男で、見るからに職人一筋に生きてきた風貌であった。挨拶をすますと、伊吉は尋ねた。

「新八親方は、最後の仕上げだけをなさるのですか?」

「彫新《うち》の彫師は腕がいいから安心して任せられるのさ。俺が彫るのは大首絵の毛彫りくらいだな」

「蔦重さんは世間をあっと言わせる浮世絵を刊行をするから、そのときは大変なのでしょうね?」

「先月は顔見世興行を当て込んだ写楽先生の役者絵の刊行だったから、まるで戦場のようだったな。役者絵だけで六十点近くあったんだ。これが五月や七月のように大当たりすると、何回も再版しなければならなくなるから、痛んだ版木の手直しで徹夜になるね」

「そうなれば、本当にいい正月が迎えられますね」

「写楽の役者絵は売れ行きがいいと聞いているな。ただ、評判は五月のときと較べると、今一つ良くないらしい」

新八親方の顔がやや曇った。

「さきほど、先月は猫の手も借るほどの忙しさだったとおっしゃいましたが、その猫の手はどこから借りたのですか?」

「それぞれの親方に任してあるから、俺は具体的には知らないんだ。うちくらいの版下屋になると、親方格の彫師だけでも六人を越えるからな。だから、仕事は版下毎に親方に請け負わしているんだ。配下の職人だけでやる親方もおれば、手間取の職人を臨時に使う親方もいるさ」

「手間取の職人を使う親方と使わない親方とでは、どう違うのですか?」

「親方の収入は変わらないが、配下の職人の彫料の割り前はそれだけ少なくなるな。だから、よほど腕の立つ彫師でないと使わないな」

「すると、手間取の職人の腕が、他の職人に文句を言わせないほど優れていないと駄目ですね?」

「そうだ。仕事がはかどり版木が早く出来上がれば、配下の職人が受け取る彫料が増えることになるんだ」

「では、親方たちが手間取の職人を使う場合は、新八親方の了解を得るのですか?」

「初めて使うときは、俺が職人の技量を見なければならないから、かならず会うよ。俺の目の前で得意の彫りをやらせて、俺の眼鏡にかなった職人であれば、認めることにしているんだ。一度でも使った手間取職人であれば、あとは親方に任してある」

三十歳がらみの上品な男が仕事場へ入ってきた。背筋を伸ばして静かに歩く姿勢が印象的であった。

「斎藤様、お待ちしておりました。用件はすぐ済みますから、奥で少しお待ちください」

新八は男に向かって丁寧な挨拶をしたが、言葉の響にはやや見下した調子が感じられた。

「約束の時間より早く参りました。奥で待たせてもらいます」

男は伊吉に軽く会釈して奥へ消えた。

「仕事の邪魔して申し訳ございません。あと一つ、聞かせてください。亀沢町の三吉さんを手間取職人に使ったことがありますか?」

三吉の名前が出たとき、新八の顔に戸惑いが浮かんだ。

「三吉？　深川の芳平親方の所で修行した腕のいい職人だから使ったことはあるよ。だが、遊び人だからな……」

「先月は使いましたか？」

「先月は戦場のような忙しさだったからはっきり覚えていないな。見かけたような気もするが……」

「誰に聞けば判りますか？」

「親方たちに聞けばよいが、今日は忙しいから暇をみて聞いとくよ」

「新八親方、ぜひそうしてください。恩に着ます」

「約束はできないが……」

三日後に伊吉は彫新を訪れた。七つ刻の頃であった。

「先日は、三吉の件でお手間を取らせ、済みませんでした」

「伊吉さんでしたね。今日はなんの用向きかな？」

伊吉は遠回しに三吉のことを持ち出した。

「実は、ここで手間取りをした三吉のお袋さんがお世話になった親方にお礼が言いたいと申しましてね。その親方を捜しているのですよ」

「親方の名前は？」

「お袋さんは、名前をはっきり知らないのですよ。それで難渋しているので……」

「おかしな話だぜ。お礼を言いたいほどの親方ならば、名前くらいは知っているのが当たり前だろう」

「でも、お袋さんがぜひ会ってお礼を言いたいから、捜して欲しいと頭を下げるものですから……」

「お節介を焼くのはいいかげんにしたらどうだ。岡っ引とも違うようだが、お前の稼業はなんだい？」

新八は、咎めだてるように言葉を荒くした。

「私は三吉のお袋さんの所に出入りする便利屋でして。お袋さんにつまらぬ義理があって、お節介をやいているのです……」

「あんたは苦労性な男だな」

「手掛かりは年格好だけなんです。それも、四十年配の親方だという漠としたものなのですよ」

「四十年配の親方？　それなら、俺も四十年配に見えるな。しかし、俺は三吉とは親しくなかったぜ」

新八は苦笑いしながら呟いた。

「ここで親方と呼ばれている四十年配の職人は、誰ですかね？」

「信吉、喜作、正吉……それから治助かな。そうだ、思い出したぜ、三吉が手間取りをしていた親方は正吉だ」

「正吉親方は、どちらにおりますか？」

「正吉はあそこにいるよ。その右隣で仕事をしているのが信吉と治助だ。喜作は風邪で休んでいる」

新八が指さす先に、小柄な職人が頭彫に打ち込んでいた。正吉親方である。右隣の信吉と治助は五尺くらいの背丈であった。

新八の了解を得て、正吉の仕事が一段落するのを待つことにした。

正吉は竪川で三吉が溺れ死んだことを知っていた。三吉に都座の狂言〈閏訥子名歌誉〉の胴彫りをやらせたが、仕事振りは手間取にして置くには惜しいくらいだったと語った。胴彫の仕事をしているときの三吉は無口だし、私生活のことは滅多にしゃべらないから、三吉の身辺についてはなにも知らないと答えた。三吉の母親とは面識はないとも告げた。ついでに、伊吉は先日会った三十年配の上品な男のことを尋ねた。

「斎藤十郎兵衛さんのことか。あの人は絵師の仕事をしている能役者なんだ。うちでは一応先生と呼んでいるよ。本業の能の世界では、なんと呼ばれているか知らないが」

職人気質があらわな正吉はそう答えると、「仕事の邪魔になるから、もう帰ってくれ」と横を向いてしまった。伊吉は収穫もないまま彫新をあとにした。

「兄ィさん！」

遠くから呼ぶ声に伊吉は振り返った。職人らしい若い男が追いかけてきた。伊吉は立ち止まり、若い男が追いつくのを待った。

「呼び止めてすみません」

伊吉は若い男の荒い呼吸がおさまるのを待って話しかけた。

「立ち話もできないから、あそこにある水茶屋へ行こうか？」

二十前に見える若い男は彫新の見習彫師の久蔵だと名乗ったが、話をどう切り出そうかと口ごもっている。

「俺……。俺は……兄ィさんが親方と話をしているのを立ち聞きしたもんで……」

「それで？」と伊吉は先を促した。

「俺……、俺は三吉兄ィに目を掛けてもらっていたんだ。それでなにか役に立つことがあればと思い、兄ィさんを追いかけて来たんだ」

水茶屋の女が大福餅とお茶を運んできた。伊吉は久蔵に早く打ち解けさせようと、大福餅を先に手にした。

「久蔵さんも食えよ」

腹が空いているのか、久蔵は大福餅を食べ始めた。

「食べながら聞いてくれ。俺は、亡くなった三吉さんが親しくしていた親方を探しているんだ」

「三吉兄ィが親方と呼んでいたのは正吉親方だけだよ。三吉兄ィは、風来坊のように仕事場に現れる職人だし、正吉親方の仕事しかしなかったからね」

「正吉親方だけなのかい？」

伊吉は手掛かりがするりと抜け落ちる気がした。気を取り直すように、伊吉は能役者である斎藤十郎兵衛のことを訊ねてみた。

「三吉は、斎藤十郎兵衛さんとは親しかったのかな？」

「斎藤先生が話をするのは新八親方だけさ。三吉兄ィは口をきいたこともないよ」

久蔵の話し方が職人らしくぞんざいになった。

「斎藤十郎兵衛さんは能役者だそうだね？」と伊吉は斎藤十郎兵衛のことを話題にした。

「斎藤先生は阿波の殿様に仕える能役者で、八丁堀の屋敷に住んでいるんだ。絵が大変好きな人で、器用だから、版下絵の模写や色差しの仕事をやっているんだ」

「版下絵の模写とは、どんな仕事なのかな？」

「版下絵の模写とは、絵師が描いた版下絵を模写するんだ。版下の予備絵さ。例えば、歌麿先生みたいな人気絵師の浮世絵になると、何回も摺り増しになるから、版木の痛みが早いんだ」

「版木の損傷ならば、腕のよい彫師が同じように版木を彫ればいいのだろう？」

「親方ならば確かに彫れるよ。親方は何回も同じ絵師の版下絵を彫っているので、絵師の癖や特徴をはっきりつかんでいるからね。そのときは、痛んだ版木の再作成は墨板を参考にするんだ」

「では、版下の予備絵はどう使われるのかね？」

「万一の墨板の損傷にそなえて、予備絵を用意しておくのさ。版下絵なしに同じ版木を新しく彫り起こすと、彫師の癖が出てしまい、初版と微妙な違いが生じるからね。実は模写することが絵師としての修行になるんだ」

「ふむ。色差しの仕事とは、なにをするんだ？」

「絵師が浮世絵の刷りに使う色を決めることさ。絵師が決めた色数だけ、俺たち彫師が版木を彫らなくてはならないんだ。色差しの段取りは本来絵師がやるんだが、忙しい絵師先生には補助役をつけるのさ」

久蔵が得意げに浮世絵の制作に潜む裏話を教えてくれた。

「いろいろと勉強になったぜ」と伊吉が礼を言うと、久蔵はなにかいいたげな素振りを見せた。

「三吉兄ィのことなんだが……」

「なんだね？」

久蔵の表情に迷いが出ている。

「……俺、死ぬ前日に三吉兄ィを見たんだ」

久蔵が思いもよらないことを口にした。三吉が死体で発見された前の日の七つ半頃に、彫新で見かけたというのである。三吉の仕事は先月に終わっていたので不審に思ったそうである。

「声を掛けたのか？」

「三吉兄ィはすぐ走り去ったので声は掛けられなかった」と久蔵は答えた。

伊吉は喜作の住所を教えてもらうと、久蔵と別れた。

喜作の家は浅草田原町の裏長屋にあった。喜作は風邪で臥せっていたが、半身を起こして伊吉に挨拶した。背丈は五尺くらいだった。伊吉は見舞の干物を差し出し、三吉の親しかった親方を捜していることを話した。喜作の話では、三吉が親しかったのは正吉親方だと言った。

翌日、伊吉は猿若町にある彫竜を訪ねた。彫竜の親方は五十年配の職人で、ここでは浮世絵の版下は彫っていないと語った。

四十年配で背丈五尺位の職人は、粂次親方がいた。三吉の名前を出すと二人とも「聞いたこともない職人だ」と即座に三吉とのかかわりを否定した。彼らが嘘をついてるとは思えなかった。

蔦重の摺辰の親方は辰五郎で、五十過ぎの痩せた職人であった。親方格の職人は二人いたが、いずれも小柄であった。三吉の名前をあげてもなんの関心も示さなかった。浮世絵作成の最終段階を受け持つ摺師は彫師同様に自尊心の高い職人であったから、出鱈目を言っているとは思えなかった。

製本の職人で条件に該当する親方は、浅吉であった。

結局、蔦重が使う職人の中で、四十年配と背丈五尺という二つの条件に該当した職人は、全部で新

八、治助、信吉、喜作、粂次、浅吉の六人であった。

念のために調べ上げた和泉屋、播磨屋の職人の中で、二つの条件に合う職人は三人いたが、伊吉はあえて対象から外した。

四

半次は中々次の行動を起こさなかった。博打と女に明け暮れているやくざな男の監視は、時間との闘いでもあった。行動範囲は狭く限定されていても、行動時間が極めて不規則であることが、大きな負担となった。

ある日、庄七は加州屋敷に近い賭場から半次のあとを付けた。女の所へ顔を出すには中途半端な七つ半であった。

半次は根津門前町へ向かった。佐乃屋のおまんのところへ博奕の金の無心に行くのかなと思っていたら、絵草紙屋の前で足を止めた。軒下で逡巡の気配を見せたものの、そのまま絵草紙屋へ入った。しばらくすると、半次は浮世絵を入れた袋を左手に持って出てきた。

半次はそのまま根津権現の境内へ足早で入って行った。境内は八重桜の葉も楓の葉も落ち、丸裸になった木々と杉の木肌が寒々とした風景を作りだしていた。木々の間に、権現の社殿が冬の薄日に寂しげに照らしだされているのが見えた。

半次の姿が見え隠れする距離を保ちながらあとを付けていた庄七は、ふと予感めいた恐怖感に襲われた。

うしろを振り向くと、三人の遊び人が右手を懐手しながら、ゆっくりと近づいてきた。前を見直すと、半次がやくざ風の若い男と戻ってきた。半次がにやりと笑った。

「どこの馬の骨か知らないが、なぜ、俺をつけ回すのだ。俺は半次というやくざな男だが、人の恨みを買う覚えもなければ、他人から後ろ指をさされることはしていないぜ」

「わたしは、兄さんのあとなどつけていないよ」

「どこの奴か名乗れよ。俺のあとをつけたのではなく、ただ権現様の境内に迷い込んだと御託を並べても無駄と言うものだぜ。こいつがお前のしていることをすべてお見通しなのだ」

「俺は半次兄ィが賭場から出て、ここまでくる道筋をずっとあんたと一緒にきたんだぜ」

「兄さんをつけたりしていない。なにかの誤解だ。私は、兄さんが誰だか知らないんだ」

「馬鹿は休み休み言うものだ。こいつが、お前が俺のあとをつけ回していることに最初に気がついたのさ。どうやら、お前さんは口の利き方を忘れたらしい。それでは、体に聞く外ないな。皆で可愛がってやれ」

庄七は半次を一匹狼にすぎない遊び人と見くびったツケの大きさを知らされた。身に寸鉄もおびない無防備の姿で五本のドスにさらされてしまったのだ。

庄七は自分を取り囲んだ輪が縮まれば縮まるほど、虎口を逃れるのが難しくなると悟った。半次らは油断なくジリジリと取り囲んだ輪を狭めた。素手で闘う庄七はクモの巣にかかった蝶であり、このままでは勝ち目はないと判断した。脱出だけが命を永らえられるたった一つの選択肢であった。

五人がドスを片手に輪を狭める次の瞬間が、突破できる最初で最後の機会だとみた。庄七は取り囲んでいる環の弱いところを探した。一番強い奴は半次の連れの男と睨んだ。うしろからきた三人は威勢はよいが、喧嘩の場数は余り踏んでいないとみた。庄七は、右うしろの痩せた男を狙うことにした。輪が動いた一瞬、庄七は身をかがめた。右手で枯れ葉を掴むや、右うしろの男の顔面に投げつけた。男が唖然として怯んだ隙に、男の股間を蹴り上げ、左脇を駆け抜けた。

「追え！」

半次が叫んだ。

庄七は境内を左へ左へと走りながら、武器となる物を目で探し続けた。藤棚が映ったとき、助かったと思った。

手早く藤棚の竹の棒を掴んだとき、うしろから荒い呼吸音とともにドスが突き出され、彼の右脇に冷たい風が吹き抜けた。危うくかわした庄七は、右肘でうしろの男の腹を突き、振り向きざまに左手に持った竹で男の脾臓を突き上げた。男が倒れかかったとき、右手からドスの白い刃が走った。庄七は右足を引いてかわすと、棒先で相手の顔面を牽制した。間合いを狭め、圧力を掛けつつ、左側の男の攻撃を待ち受けた。男が右足を踏み出す瞬間を狙い、両手に持ち替えた竹で小手を叩いた。落ちたドスが枯れ葉の上で鈍く音をたてたのと、男が喉を突かれたのが同時だった。

庄七は右手の男との間合いを計りながら、半次の連れの男を探した。この争いの決着を付ける最善の方法は、一番強い男を叩きのめすことであった。

半次と連れの男は左右に分かれて正面からドスを構えつつ、同じ足の運びで間合いを詰めてきた。

庄七が一方を攻撃したときに、片方が彼の胸元へ飛び込む戦法であった。庄七は右側の半次との間合いに隙を見せれば、連れの男は必ず飛び込んで来ると読んだ。

庄七は少しずつ西日を背にする位置へ動いた。西日を背にしたとき、咄嗟に半次との間合いを詰め、夕日に赤く照らされた半次の顔面を竹で制しながら、右へ意識的に少し動いた。構えを下段に移し、半次の小手をうかがう動作を大きく示した。その瞬間を狙って、連れの男のドスが庄七の心臓を突いてきた。その突きを庄七が左足を引いてかわすや、素早く左手に持ち替えた竹を横へ払った。それを隙と見た半次が右側から庄七の脇腹を突いた。庄七は腰を低く引き、ドスが流れた瞬間に竹を半次の股間へ突き上げた。

「う……う……」と半次は呻きながら後退した。

そのとき、連れの男のドスが、つむじ風のように庄七の首を襲った。鋭い切っ先だった。首をそらし、辛うじてかわした庄七は、体勢を立て直すために前方へ駆け抜けた。呼吸を整えた庄七は正眼に構え、間合いを急速に狭めるや、連続技で脾臓を鋭く突いた。連れの男が海老のように脇腹を押さえ倒れ込んだ。

呆然と立ちつくす半次から、もはや攻撃を仕掛ける闘志は消え失せていた。

根津権現の境内に、何事もなかったような静寂が訪れた。

庄七の受けた傷は右脇腹と左耳の擦り傷だけであった。庄七は竹の棒を無造作に投げ捨てると、門前町の灯に向かってゆっくり歩き出した。

門前町に戻ると、絵草紙屋で半次の買ったものと同じ浮世絵を二枚買い求めた。写楽の役者絵で、いずれも半四郎の大首絵であった。一枚は五月都座狂言の乳人重の井、もう一枚は河原崎座の顔見世狂言の左馬之助妹さへだの大首絵であった。

五

西空の赤い残照が富士を浮き立たせている。暮れ六つ頃に、はやぶさ屋の裏口から二挺の駕籠が出て行った。

駕籠は根津門前町の手前の宮永町で二人の客を降ろした。誠四郎と兵衛であった。黒い半合羽に黒づくめの服装で、よく動き回れるように伊賀袴を付けていた。黒い山岡頭巾をかぶっていた。湯島聖堂近くにある医者まで行く重太郎を、目立たぬように護衛するためである。

冬の日の落ちるのは早く、街がすっかり漆黒の闇に包み込まれた。暗闇の中に、長谷川家の提灯を下僕に持たせた重太郎の姿が浮かび上がった。足取りの緩やかな年老いた下僕が主人の足元を注意深く提灯で照らしている。

誠四郎は襲撃が行われる場所として、不忍池の七軒町あたりと、湯島天神の切り通し付近と、湯島聖堂近くの屋敷町の三カ所を、想定していた。

闇に覆われた不忍池七軒町を杖をたずさえた兵衛が、重太郎主従の前方を進む。二人を挟む形で後方に誠四郎が従っていた。誠四郎は全神経を耳に集中させている。不忍池七軒町では、何事も起こらなかった。

茅町の町屋を過ぎ、板倉摂津守の屋敷塀に沿う道筋に入ると、自然に緊張が高まった。屋敷塀を右に折れて、湯島天神の切り通しに入った。鬱蒼たる木々が茂る湯島天神と根生院とに挟まれた切り通しは、絶好の襲撃場所であった。重太郎主従が歩む草履の足音が聞こえるだけであった。壁のような切り通しの圧迫感が消えた。

前方を進んでいた兵衛の歩みが急に早くなった。それを感じた誠四郎は半合羽を脱ぎ捨て、速足で主従の左前に進んだ。それに合わせるかのように、重太郎が歩みを遅くした。下僕の持つ提灯が背後に遠くなった。

微かに、落ち葉を踏む音が聞こえてきた。誠四郎には、暗闇の中に動く二つの影が見えた。

腰を落とした兵衛の杖が影の足元を払った。不意を襲われた影が杖をかろうじてかわした。が、着地した瞬間に誠四郎の杖がその足を襲った。

「うっ――」

影は呻きながらも、誠四郎の手元へ白刃を走らせた。鋭い切っ先を誠四郎は横転してかわした。影の二の太刀が誠四郎の立ち上がりざまを襲った。しかし、影の打ち込む太刀は足を強かに打たれたために勢いがなかった。そのまま誠四郎は踏み込み、素早く影の鳩尾へ突き上げた。

「うっ」と影がうずくまった。

別の影が誠四郎の脇を通り抜けた。抜刀せずに、重太郎へ走り寄った。重太郎の前に立った兵衛が、杖で影の小手を制した。影は小手を制されながらも、太刀の柄を下方に向けた。動きを読んでいたかのように、兵衛は後ろへ身を引いた。そのまま杖を右へ引き落とした。

影は、それを隙と見て、真っ向から兵衛の顔面を抜き打ちした。暗闇に、風を切る音が走った。右へ飛んだ兵衛が、杖で影の顔面を鋭く突いた。影は、怯みつつも兵衛の小手を狙ってきた。その一瞬、兵衛は左へ踏み込み、杖を相手の鳩尾へ突き上げた。影が痛みで腰を折ったとき、杖は影の右手の上膊部を強かに叩いた。影の刀が緩やかに地面に落ちた。

闘いは終わった。年老いた下僕は消した提灯を持ったまま凍りついたように立ちすくんでいた。誠四郎と兵衛の二人は、呼吸の乱れも見せずに衣服を直した。

「孫左衛門に伝えよ。次に長谷川殿を襲撃したときは、目付に訴えるとな。それから、お前らの命も貰い受ける」

二つの影は一言も発せず走りさった。

「片付いたな。これで、孫左衛門も襲撃を諦めるだろう。長谷川殿、医師宅へ安心して行かれよ」

「落合様、誠四郎様、有り難うございました。明日、改めてお礼に参上いたします。今夜は、ここで失礼させていただきます」

下僕が提灯の明かりを灯し、脱ぎ捨てた半合羽をさがし始めた。

「お先に御免」

兵衛が差し出された半合羽を受け取ると、何事もなかったように杖を肩にかつぎ先に歩きだした。誠四郎が呟いた。

「孫左衛門の件は片付いたが、奥方の志津さんにはこれからも地獄の日々が続くな」

「前世から男と赤い糸で結ばれた女は悲しいもんだよ」

兵衛の言葉に、言うにいわれぬ虚無感がこもっていた。

第七章　顔見世興行

一

この年の十一月は、「閏十一月」がある変則月であった。

都座の顔見世狂言が〈閏訥子名歌誉《うるおうのとしめいかのほまれ》〉と〈鶯宿梅恋初音《おうしゅくばいこいのはつね》〉に、河原崎座の狂言が〈松貞婦女楠《まつはみさおおんなくすのき》〉と〈神楽月祝紅葉衣《かぐらづきいわいのいろぎぬ》〉に、桐座の狂言が〈男山御江戸盤石《おとこやまおえどのいしずえ》〉と〈忍恋雀色時《しのぶこいすずめのいろどき》〉に決まった。

早くも、豊国が和泉屋から大判の顔見世役者絵を刊行するとの前評判が、江戸市中に広がっていた。これに対抗して、蔦重からはかならずや写楽の大首絵が刊行されだろうとの噂が立っていた。

その一方で、豪華な役者絵に対する悲観論もあった。それは、八月の末に、浮世絵がきらびやか過ぎると、幕府が出版規制に乗り出し、豪華な色調効果を生む雲母摺を禁止してしまったからである。

十月に入ると、今度は歌舞伎界を震撼させる出来事が起こった。幕府が歌舞伎役者の給金が高いのは怪しからん、と言い出したのである。千両役者という言葉が生まれたように、人気役者の給金は江戸の庶民感覚からみれば、夢のような高額であった。蝦蔵は引退すると、「錦着て　畳の上の　乞食かな」と皮肉たっぷりに役者の虚飾に満ちた生活を揶揄した。

最高額の給金を貰っていたのが、人気女形の菊之丞と半四郎で九百両、次が立役の宗十郎で八百両、座頭格の幸四郎と蝦蔵が七百両であった。中堅役者の半五郎が三百五十両、市松が三百両、鬼次が二百両であった。

幕府は、三座の責任者を呼び、役者の給金を最高五百両に押さえる取締方議定証文を作らせた。菊之丞や半四郎は五百両に落とされ、宗十郎も五百両になった。座頭格の幸四郎と蝦蔵は四百両も削られて三百両へ激減した。中堅級の鬼次は五十両、市松は百二十両を削られた。

同じ月に、幕府は、松平定信が寛政元年に発令した経費倹約令をさらに十年延長した。

天明の飢饉のあとに松平定信が登場したとき、江戸の庶民たちは「田や沼や　よごれた御代を改めて　清くすめる白河の水」と期待したのだった。ところが、宰相となった松平定信の政策は、幕府の赤字財政の再建を目指す儒教的倫理観に立ち、享楽的な都市生活を否定するものであった。庶民にも、〈清流の魚〉のような生活を強いたのだ。

幕府は、町人の奢侈な生活に介入を始めた。最初の標的となったのが、江戸の華と持て囃された芝居であった。寛政元年三月に、役者たちは紬と麻以外の衣装はすべて禁止され、三世瀬川菊之丞は市村座からの帰途で、まとっていた艶やかな衣服を見咎められて拘引され、衣類は没収の上罰金まで科せられた。九月には、市村座、中村座、森田座の座元が北町奉行に呼び出されて、終演時刻を七つ刻へ繰り上げるよう申し渡された。

歌舞伎芝居に対する抑圧は繰り返され、寛政三年三月の中村座の出し物〈助六　縁牡丹〉では、市川八百蔵の助六、岩井半四郎の揚巻、尾上松助の意休の舞台衣装のすべてが、「華美である」との理由で没収された。華麗な舞台衣装をもぎ取られてしまった〈助六〉は、すっかり魅力を失ってしまった。

この歌舞伎界を襲った人為的な抑制策は、まず、森田座を休座に追い込み、不入りが続く中村・市村両座までも興行が打てなくなってしまった。五十万両の借金で動きが取れなくなった三座に代わって、寛政五年の顔見世狂言から、控え櫓の河原崎座、都座、桐座が興行権を得た。

幕府の介入は文学作品にも及んでいた。風俗上好ましくないと洒落本や好色本の出版が禁じられた。寛政元年にベストセラーとなった唐来参和の黄表紙本〈天下一面鏡梅鉢《てんかいちめんかがみのうめばち》〉が絶版を命じられ、〈鸚鵡返文武二道《おおむがえしぶんぶふたみち》〉を書いた恋川春町は、松平定信にひそかに召喚されたとの噂が広がり、間もなく急死した。流行作家であった朋誠堂喜三二は、筆を折ってしまった。

寛政三年に入ると、幕府は出版物の取締まりを強化し、触書を矢継ぎ早に出し、版元の手足をがんじがらめに締め上げた。この罠に落ちたのが、山東京伝と版元の蔦屋重三郎であった。触書に違反したとの廉で、京伝は手鎖五十日、重三郎は財産の半分を没収されて、店構えは半分に縮小されてしまった。

浮世絵の世界も例外ではなく、豪華な色彩で表現する錦絵の出版にも、様々な制約が課せられた。この年に開版された東洲斎写楽の役者絵は黒雲母摺を使用したため、奉行所から呼び出しの差し紙がきた。

それでも、江戸の庶民たちが楽しめる娯楽は歌舞伎と浮世絵の以外になかったから、役者を贔屓にし、鳥居清長、喜多川歌麿の美人画や勝川春章とその弟子である春好、春英、春朗の役者絵に夢中になっていた。

そんなある日、妻のおまさが重そうな紙包みを両手に抱いて座敷に入ってきた。はやぶさ屋の飛脚が神田明神下の良庵の屋敷へ届けてくれたのである。

「待ちに待った、あなた様の恋人が参りましたよ。この度の恋人は、だいぶ太られたようですね」

届けられた紙包は、大判の大きさより一回り小振りであったが、その代わり、厚さは今までの倍近かった。半年も待ち望んでいた、写楽の大首絵を心行くまで楽しむ機会が再び訪れたのであった。

——恋い焦がれていた大首絵に、やっと対面できる日が来たか。

良庵が、おまさと一緒に紙包みを開くと、六つの袋があり、一番上の袋には、〈都座顔見世狂言　閏訥子名歌誉〉と書かれてあった。

期待と不安の入り交じった複雑な気持ちで袋を開けると、大判より一回り小さい間判の役者絵が目に入った。

袋から取り出した二枚の間判には、待ち望んでいた宗十郎の孔雀三郎と鬼次改め仲蔵の惟高親王の大首絵が黄潰しで描かれていた。良庵は思わず我が目を疑った。心の中で絶望の叫び声をあげた。

——これは写楽ではない。ただの似顔絵に過ぎない……。

細判十六点は全身像役者絵で、三枚組み物が四組と二枚組み物が二組あった。絵師の落款は写楽だけで、東洲斎の斎号がなくなっていた。

良庵はすべての袋を荒々しく開けた。顔見世興行の大首絵は、全部で八点であった。その役者絵を横一列に並べた。

「あら、八枚とも、千両役者と人気役者ばかりだわ」

「うしろにある書棚から、写楽の役者絵を入れてある文箱を取ってくれ」

おまさが文箱を良庵の右脇に置いた。良庵は、間判大首絵の下に五月狂言の大判大首絵を比較できるように並べた。おまさが目で追うと、宗十郎、八百蔵、高麗蔵、中山富三郎、半四郎、仲蔵（鬼次改め）の六人の役者が重複している。

（役者名）	（顔見世役名）	（五月役名）
宗十郎	孔雀三郎	大岸蔵人
八百蔵	八幡太郎義家	田辺文蔵
高麗蔵	小山田太郎	志賀大七
富三郎	女房おひさ	宮城野
半四郎	妹さへだ	乳人重の井
仲蔵	惟高親王	奴江戸兵衛

「おまさ、お前が感じたままの印象を聞かせてくれ」

「私は歌舞伎は好きだけれども、役者絵には興味がないわ」と言ったものの、おまさは役者絵に目を落とした。

「宗十郎は、下の役者絵の方がいい男に描かれているわね」

「ほかはどこが違う?」

「下の方が宗十郎の目が大きく、鼻が高く描かれている。顔見世の方には家紋と屋号の紀伊国屋と俳名の納子が書かれているわ。だけど、正しい俳名の訥子の訥の字が、糸偏の納と間違っているのよ」

「え、間違いがあるのか、それで、どっちの役者絵が好きかな?」

「孔雀三郎の宗十郎」

　良庵の見方は、おまさと正反対であった。孔雀三郎の宗十郎は、五月狂言で演じた大岸蔵人や七月狂言で扮した名護屋山三と比べると、のっぺりとした美男の宗十郎に描かれていた。とくに目が違っていた。舞台で大向こうを唸らせる役者の目から、媚を売る役者の目へ変わっていた。五月の役者絵では内面的な心理までも見事に描写していた手の表現が、今回の役者絵では無神経にどっかりと中心に大きく描かれている。

「八百蔵はどうかな?」

「家紋と屋号と俳名が書かれてあるのは、宗十郎の絵と同じね。でも、屋号は立花屋が正しいのに、橘屋と誤記されているわ。顔見世興行の役者絵は、歌舞伎のことを知らない絵師が描いたのかしら?」

「ここにも間違いがあったのか。歌舞伎の世界を知らない絵師が描いた可能性が高いな。では、役者絵としての印象はどうだね?」

「八幡太郎義家の役者絵は美男に描かれているわね。でも、舞台で演じている八百蔵の絵姿としては、下の田辺文蔵の方が魅力的ね。田辺文蔵は舞台で演じている人物に描かれているわ」

八幡太郎義家は武家の棟梁たる気品が感じられない仮面のような美男に描かれていた。八百蔵の目と鼻と口の特徴を描いた、単なる似顔絵であった。うらぶれて物思いにふける田辺文蔵の非運さを見事に描き切った、五月の写楽の表現力は消え去っていた。上下に並べられた八百蔵の役者絵は、同じ絵師が描いたのだろうかと見紛う作品に見えた。

「あら、半四郎と仲蔵の役者絵は、それぞれ顔がほぼおなじに描かれているわね?」

四世岩井半四郎は評判の若女形で、菊之丞と人気を二分する千両役者であった。

「半四郎の妹さへだと乳人重の井は、別狂言で役柄も異なっているのに、まったく同じにみえるな。違いは、乳人重の井が右向きで、妹さへだは左向きだ。仲蔵の惟高親王と奴江戸兵衛も同じ構図だ」

「そうなの。眉、目、鼻、口の描き方が同じなのね。大きな違いは、手の位置と形くらいかしら?」

半四郎の顔は瓜二つに描かれていたが、五月狂言の乳人重の井は実子の三吉を追い返す厳しい表情と母の内面の悲しさを現した役者絵であった。顔見世興行の妹さへだの方は内面的な格調の高さは失われて、半四郎の特徴であるお多福顔の外面的な強調に終わっていた。仲蔵の役者絵も同じであった。

「演ずる役柄が違うのに、まったく同じ表情の顔に描いているのは奇妙だな。役者の演ずる役柄のなかに、役者の個性を浮き立たせるのが写楽の特徴なのに……」

「私には、別の絵師が描いた役者絵のように見えるの。上の絵は下の絵姿の形や線の引き方を真似しているだけね」

良庵はおまさの直感が正しいと思った。

良庵は大首絵を片付けると、今度は細判の組み絵を並べた。上に、都座七月狂言〈けいせい三本傘〉

での宗十郎の名護屋山三、菊之丞の傾城かつらぎ、八百蔵の不破伴左衛門の有名な〈鞘当て〉の場面の三点を置いた。下には、顔見世狂言〈閏訥子名歌誉〉の三枚組み、宗十郎の大伴黒主、菊之丞の花園御前、野塩の小野小町による〈草紙洗い〉の場面を並べた。

「これは組み絵の役者絵だが、宗十郎と菊之丞の二人が描かれているから、比較しやすい。どう思う？」

「上の絵姿の方が舞台を見物している感じが強いわね。三人の役者の見得を切る心意気が伝わってくる。下の絵姿は舞台を説明している感じね。それに、つい小道具へ目が行くから、役者の印象が弱くなるわ」

「なるほどな。七月狂言の絵は、それぞれが独立した役者絵であると同時に、組み絵にもなっている。ところが、下の絵は、三枚が揃わないと面白味が出てこないな。作者の興味が役者よりも役者絵の構成におかれてしまっているんだ。お前が贔屓する菊之丞の印象は？」

「場面が違うから、いちがいには言えないけれども、傾城かつらぎの方が菊之丞の立ち姿の艶やかさや顔の表情の美しさを表現しているわ。ここを見てよ。打ち掛けを持つ左手に、なんとも言い表せない色気が漂っているの。下の花園御前の方は、のっぺりした顔だし、御所車を持つ右手に菊之丞の色気が感じられないわ」

「傾城かつらぎには、大向こうに声をかけさせてしまう千両役者の風格が現れているな。宗十郎はどうかな？」

「見得を切る顔の向きは同じだけれども、名護屋山三は目に引き込まれるような色気を感じるわ。握り締めた左手の拳に男の強さが浮かんでいる。宗十郎の甘さと男らしさをとらえた写楽に、凄さを感じるの。女には、堪らない魅力となっているわ」

「大国黒主の宗十郎はどう思う？」

「甘さは出ているけれども、媚びた感じが強く、表情が堅いわ。身体全体から伝わる色気が感じられないわね」

良庵は文箱と袋の中から二点の役者絵を取り出して、おまさの前に並べた。

「あら、堺屋が演ずる才蔵だわ」

「その通りだ。大谷鬼次改め二代目中村仲蔵が演ずる才蔵の役者絵だよ。細判が蔦重の写楽、大判が泉市の豊国の作品だ」

「大きさは違っても、同じ舞台の同じ役者を描いた役者絵なのね。二つを並べると、絵師の特徴がよく判って面白いわね。顔の描き方は、豊国の方がすなおに仲蔵の役者顔を描き、写楽は仲蔵が演ずる才蔵の顔を描いているわ。役者絵に対する考え方がまったく違うのかしら？」

おまさは指で絵をなぞりながら話を続けた。

「身体を描く線は豊国の方が柔らかね。写楽が描く着物の太い線が堅い印象を与えているわ。写楽は舞台で演ずる万歳の滑稽感を上手く表現しているけれども、豊国の方が魅力的ね。私ならば、豊国の才蔵の方を買うわ」

「やはりそうか。顔見世狂言の役者絵では、五月に登場したときの写楽の魅力が消え失せている。みずみずしい感性が失われ、舞台を彷彿させる描写力が弱くなってしまったんだな」

良庵は役者絵に暗いはずのおまさの直感の凄さに舌を巻いた。おまさの一言一言が写楽の役者絵に対する疑念を裏付けていたのであった。

二

良庵は書見をする座敷で、写楽の役者絵を並べて物思いに耽っていた。写楽について、あれやこれやを考えていたら、おまさが、日本橋呉服町の大店から往診の依頼があった、と伝えにきた。良庵は診察と手当に必要な用具をおまさに用意させると、慌ただしく飛び出していった。

良庵が出掛けたあと、おまさは下女に夕食の支度を命じた。

「旦那様は、今日、診察先でお酒を御馳走になったから、軽いお食事がいいでしょう。そうね、湯豆腐に、鯛を塩焼きして鯛茶漬けにしましょうよ」

下女が鯛を焼き、おまさが湯豆腐の準備を終える頃、良庵が往診先から戻って来た。

「ご隠居のご容体は持ち直した。動き回ったせいか腹がすいた」

「大事にいたらなくて宜しかったですね。今夜は軽い夕食を考え、鯛茶漬けを用意しました」

「いつも気が利くな。おまさ、食事がすんだら、歌舞伎について教えて貰いたいことがあるんだ」

「はい、はい、あなたの愛しい写楽の役者絵のことですね。夕食の後片付けがすみましたら、座敷にまいります」

おまさは良庵の前に料理を置きながら微笑んだ。

良庵は鯛茶漬けを食べ終わると、写楽の役者絵の謎解きのために、なんの愛想も言わずにそそくさと座敷へ姿を消した。

良庵は、顔見世興行の五十五点にも及ぶ写楽の役者絵を手にしたときに、――蔦屋重三郎が狂った――と思った。顔見世興行が役者絵を売る最大の商機だとしても、正気の沙汰とは思えなかった。蔦重の最大の競争相手である泉市が刊行した顔見世興行の役者絵は、七点に過ぎなかった。しかも、都座顔見世狂言で豊国に描かせたのは、宗十郎、菊之丞、仲蔵の三人の役者だけであった。一方、蔦重が刊行した都座の役者絵は、十一人の役者で、間判二点、細判十六点に及んだのである。

良庵がまとめた顔見世興行の役者絵の特徴は、次の通りである。

一　刊行点数が五十五点（五月、七月、八月の合計　六十六点）
一　間判は大首絵八点（五月大判大首絵二十八点、七月、八月大判全身像八点）
一　細判は全身絵四十七点（七月、八月の合計　三十点）
一　間判には役者の屋号、俳名、家紋
一　屋号、俳号に一部誤記
一　細版には背景を描写
一　絵師名は写楽（うち七点は東洲斎写楽）
一　役者数は二十六人（うち新登場は四人）
一　三点以上の役者は九人（最高五点）
一　組み絵は十八組（最高五枚組）

一　桐座二十一点、都座十八点、河原崎座十六点

まず、良庵は、五十五点に及ぶ役者絵の下絵を限られた短期間内に一人の絵師が描けるのだろうか、と疑問に思った。顔見世興行を打つ三座、六狂言の稽古芝居を見た上で、役者絵の下絵を描かなければならないからである。それに、江戸中の腕の立つ彫師と摺師は、それぞれの版元に専属の形で固定されているのだから、短期間に版元が刊行できる点数は限られているはずである。

おまさが座敷に入ってきた。おまさが坐るのももどかしく良庵は問いかけた。

「私は歌舞伎については門外漢なので、訊ねることに笑わず教えてくれ。顔見世興行の役者絵に初めて登場した、野塩、仁左衛門、金作、三五郎のことだ」

「答えは簡単よ。野塩、仁左衛門、金作、三五郎の四人は、顔見世のために大阪から下って来た人気役者なの。確か女形の金作は、今度が三度目の江戸下りで、前回は安永八年の顔見世のときだったから、十五年振りの江戸の舞台ね」

「大阪から呼んだ人気役者なのか。さすがに蔦重は抜け目ないな」

良庵はおまさの入れてくれたお茶を美味そうに飲みした。

「顔見世興行の初日は霜月の朔日だな。すると、芝居小屋はいつ頃新しい役者衆と契約を結ぶのかな?」

「契約は、九月頃には済んでいると聞いたわ。契約した役者衆が顔合わせを行うのは、十月の中頃だと思います」

「では、顔見世狂言の役者絵の下絵を描けるのはいつ頃になるのかな?」

「聞いた話では、顔見世狂言の内容を役者衆に説明する〈噺初〉が、二十日より数日前だそうよ。顔見世狂言の内容が外部の人に判るのは、芝居小屋に総座組紋看板が出る十月二十日頃かしら」

「下絵を描くのを芝居稽古から始めても、役者絵の売り出しを顔見世狂言初日に間に合わせるためには、十日間くらいしかないのか。一人の絵師では身体がいくつあっても足らないな」

「役者絵の下絵、版木の彫り、刷り……毎日徹夜仕事になるわね」

「では、顔見世興行が終わるのは、いつ頃かな?」

「私の記憶では、大体師走の十二、三日頃が千秋楽だと思うわ」

「春狂言は、年が明けたいつ頃になる?」

「正月十五日が初日ね。歌舞伎興行は、正月十五日に春狂言、二月初午の跡狂言、三月三日に新狂言、四月朔日に新狂言、五月五日に新狂言、七月十五日の盆狂言、九月は上方上がり役者名残狂言、そして、十一月朔日の顔見世狂言へ戻ることになるの」

「すると、世間の注目を浴びなかった狂言の役者絵は、公演中に早く売り切らないと損になるな」

「その通りよ。顔見世狂言の役者絵の勝負は千秋楽までで、春狂言が始まればもう見切り場ね。だから不入りの都座は、閏月から新狂言〈花都廓縄張《はなのみやこくるわのなわばり》〉で挽回を図るそうよ」

「よほどの人気役者か千両役者でないと、長い期間、同じ役者絵を売り続けるのはむずかしいんだな」

おまさから歌舞伎世界の話を聞いているうちに、良庵は蔦屋重三郎が行っている役者絵商売の投機性の怖さをひしひしと感じた。

「次は、歌舞伎役者の俳名と屋号の説明をして欲しいな」

「私には俳名の本来の由来は判りませんが、初代団十郎が俳諧を嗜み、〈才牛〉という俳名を持ったことから広がったそうよ。しかし、役者衆は俳句を詠まなくても風流な俳名を持ちたがり、〈俳諧知らずの俳名〉と揶揄されているわ。でも、いつの間にか、俳名が役者衆の替名に使われるようになったの」

「そうすると、歌舞伎が好きな人は俳名を聞けば、誰でも役者名が判るわけか」

「そうなの。都座の狂言が〈閏訥子名歌誉〉だと、訥子は宗十郎の俳名だから、宗十郎が出演していることが判る訳よ」

「では、屋号はなんなのかな？」

「あなたもご存じの通り、昔から歌舞伎役者は河原乞食と呼ばれ、町屋に住めない身分だったの。ところが、宝永の頃に、町奉行が役者も町屋に住むことを許したの。でも、何かの商売をしないと町屋に住めないから、例えば、団十郎や宗十郎は香具油店を開いたそうよ。団十郎が〈成田屋〉、宗十郎が〈紀伊国屋〉と呼ばれるのは、役者衆が開いた店の屋号なの」

「役者に取っては、俳名も屋号も自分の顔そのもの、誇りそのものになっているのか。すると、顔見世狂言の役者絵の中で俳名や屋号に誤記があったことは、役者にとって顔に泥を塗られた大変な侮辱になってしまうな。自分の才覚によって江戸の大阪元へはい上がった蔦重が、このような馬鹿な過ちを見逃すとはとても考えられない」

「そうね。こんな過ちを重ねると、歌舞伎のイロハを知らない野暮な奴と軽蔑されるでしょうね」

　おまさが良庵の傍らに置かれた書付けに目を止めた。

「あら、蔦重さんは、霜月の顔見世狂言では二十六人もの役者衆を描いたの?」

「蔦重は、人気役者だけではなく、中堅の役者衆も刊行するんだ。ここが人気役者だけの役者絵を出す、泉市のやり方と違うのさ」

「まあ、人気役者は何枚も描かれているわ。女形では半四郎、富三郎、菊之丞が多く、立役では、八百蔵に高麗蔵が多いのね」

「組み絵を多くしたからだ。人気役者では、八百蔵、高麗蔵、半四郎が各五点、次が富三郎の四点が目立つな」

「富三郎が多いのは、若手の女形だからかしら?」

「宗十郎、鰕蔵、仲蔵や金作も多いぞ」

「宗十郎と鰕蔵の二人は座頭だし、鬼次は、名跡の仲蔵を襲名披露したからだわ。金作は、大阪下りの人気女形だしね。それで、桐座は顔見世各座の中で大入りだそうよ」

「桐座の〈男山御江戸盤石〉は、そんなに大当たりなのか?」

「市川家一門が顔を揃えた上に、大阪下りの人気女形金作が加わったので、大評判になったのよ。蔦重は桐座の役者絵を何枚刊行したの?」

「間判が団十郎、八百蔵、富三郎、金作の四点。細判が十七点で、併せて二十一点さ」

「桐座に注目したのはさすがだわ。蔦重は商売人としても一流ね」

「ところが、蔦重は刊行点数が多いのにも拘わらず、細判の大部分に手間の掛かる背景を入れているのさ。組み絵を多くするとか、描く役者の人数を減らすなどの工夫をこらしていたのに、背景を入れるという、手間の掛かる仕事を増やしているのだよ」

「あなたが私に説明してくれた浮世絵の作り方に従えば、彫師は顔や髪を彫る親方、着物や手足を彫る職人、背景を彫る職人などに、仕事が別れているんでしょう。それに、背景を入れる技法は勝川派の役者絵で行われているから、その仕事は外部の職人に任すことができるわ」

良庵はおまさの一言で、類型化した背景や小道具を入れる組み絵方式にすれば、下絵を簡略化できることに気付いた。舞台背景に型にはまった樹木や御簾などを刷り込むと、すでに所作や見得の型は決まっているから、むしろ全身像の版下絵は簡単になる。絵師は、役者の所作をどう表現するかに腕を振えばいいのだ。

良庵は文箱から三、四枚の全身像の役者絵を取り出して、おまさの前に置いた。

「おまさ、これを見てくれ。上が七月の役者絵で、下が顔見世の役者絵だ」

「富三郎か。七月都座は傾城遠山、顔見世は腰元若草だわ。役柄は違っても、ほぼ同じ絵姿ね」

「これはどうだ」

「八月桐座の高麗蔵と顔見世都座の彦三郎ね。役者も役柄も違っているのに、見得を切っている絵姿は同じだわ」

「顔見世の役者絵には、どれも背景に御簾が描かれいるが、それを消してしまうと同じ絵姿に見えるな。背景を利用すれば、組み絵は何点でも簡単に刊行できる訳か。これが手品の種だったのか」

蔦屋重三郎は、五月狂言の役者絵で見せた写楽の造形美や役者の内面性までを表現する描写力を捨て去り、歌舞伎の顔見世興行に合わせた商業主義に徹し切っていた。浮世絵作成の分業制を徹底的に生かした役者絵を大量に作成し、しかも短期決戦で売り出したのだ。費用と手数のかかる間判大首絵を八点に抑え、組み絵は十八組であった。しかも、大阪下りの野塩、仁左衛門、金作、三五郎の四人を除けば、すでに役者絵にした役者衆であった。五月狂言のときに入れた端役の役者は、完全に除外されていた。商売に徹した顔見世狂言の役者絵には、将来性のある芸術家を見出し、育てる蔦屋重三郎の前向きな姿はもうなかった。

そう割り切ってみれば、良庵は写楽の役者絵の変質が得心できた。なんらかの理由で、蔦屋が写楽の役者絵に見切りをつけたのだと思った。

「あなた、なにを考えているの」

「蔦重が、なぜ、堕落した役者絵を刊行したかを考えていたのさ」

「写楽という恋人が急に魅力を失ったからと云って、もう愛想づかしを言うのはみっともないわ」

おまさは悪戯ずらぽく微笑んだ。

「あなたにお聞きしたいことがあるの。今までの役者絵には東洲斎写楽と落款されていたのに、今回の顔見世狂言では、なぜ写楽だけにしたのかしら?」

「正直に言うが、私にも判らない。浮世絵に刷り込まれる絵師名には号名を入れないのが普通だから、浮世絵界の慣行に戻したとも考えられるな」

「それでは、東洲斎を残した七枚の役者絵はどういう意味かしら?」

河原崎座の七点だけに従来通りの東洲斎写楽という落款が刷り込まれていたのを、おまさが指摘したのである。

「私は単純な手違いだと思っている。それは、おまさに聞いた俳名と屋号の間違いに共通することで、重三郎さんが気が付けば、必ず修正した過ちだと思う。短期間に大量の役者絵を刊行したため、重三郎さんの目が届かなかったのだろうな。私は、このような間違いを見過ごしてしまった重三郎さんのことが心配だ」

「重三郎さんがこんな単純な間違いに気づかないのは、体調を崩されたのかもしれない。たしか重三郎さんは心の病がありましたね」

「心の病は治療が難しいからな。顔見世狂言の役者絵の刊行で忙しく、心の臓に負担がかかったのかも知れない。近々お伺いしよう」

「ぜひ、そうなさいませ」

第八章　犯人

一

　庄七は、半次に襲われた翌日の四つ刻に、根津権現の境内へ出向いた。昨夜の闘いの場所を確認したかったことや、半次らの動静をうかがうつもりであった。

　ところが、根津権現門前町に入ると、いつもと街の雰囲気が違っているのである。盛り場の雑踏が生む騒々しさではなく、重々しい騒がしさなのである。

　前に粟餅を食べたことのある茶店で、一息つくことにした。見覚えのある娘がお盆にお茶と粟餅をのせ、愛嬌のある笑顔で挨拶した。

「なにかあったのかい？」

「人が殺されたそうです。やくざ者が喧嘩で殺されたんです」

　そう答えた娘に、不安げな怯えが浮かんだ。

「どこで殺されたんだね？」

「権現様の境内です。今朝、境内で下男が掃除をしているときに、発見したそうですよ」

庄七はいやな予感がした。慌ただしく茶を飲み込むと、娘に礼を言い、茶代を渡した。

取りあえず根津権現の境内へ行くことにした。原色で彩られた社殿の外塀近くの所に、十数人の人たちが群がっている。誰もがひそひそと言葉を交わしていた。

人垣の内側に縄張りが張られ、その真ん中あたりに縄で人の形が残されていた。人の形の心臓部分の地面がどす黒い染みとなっている。あたりの落ち葉にはまだ赤黒い血が残され、殺人現場の生々しさを伝えていた。

野次馬たちは自分の仕入れた噂を勝手に言い合っていた。

「誰が殺されたのかね?」

「やくざ者が喧嘩で殺されたそうだ」

「昨日の夕方、この境内で四、五人の男がドスを振りかざしていたのを見たぜ」

「博奕のいざこざかい?」

「殺された男は根津界隈ではちょとした顔役だったそうだ」

「飲み屋小春で紐の女と一緒によく飲んでいたな」

「確か、半次という名前だったかな」

「半次は佐乃屋の女の紐だった」

「やくざ者の末路は哀れなものさ」

庄七は信じたくなかったが、彼らの噂話を聞いた限りでは、殺されたのは半次に間違いなかった。

これははやぶさ屋には大打撃であった。手紙を取り戻す最後の手掛かりが突然切り取られた衝撃の大きさは、庄七が一番よく知っていた。

庄七は気を取り直して、昨日の争いの場所へ行くことにした。

寒々とした境内は今回の事件の心証風景そのものであった。

半次らに追われて窮地に陥った場所から藤棚までの距離は思ったより短く、十間もなかった。あの藤棚があと五間ほど先にあったならば、竹の棒を手にできなかったに違いなかった。右脇腹をかすめたドスは間違いなく彼の肉を切り裂いていたのだ。薄ら笑いを浮かべた半次の顔がよぎった。

庄七は根津権現門前町の自身番屋へ行くことにした。殺された男の死骸は番屋に安置されているはずで、殺されたのが半次かどうか確認したかったからである。根津権現門前町を縄張りにする岡っ引伊之助はかつて使ったことがあったのだ。顔見知りであったから、情報を仕入れるのに好都合である。

門前町の四っ辻の南側角にある番屋の前にも、人だかりがしていた。庄七は番屋の前でしばらく様子をうかがうことにした。人だかりの中に身を入れ、聞き耳を立てた。ここでも、集まった野次馬たちの噂話は、境内の場合と同じであった。

間もなく、下っ引が番屋へ戻って来た。庄七は開けた戸の奥に伊之助の姿を確認できた。

庄七は伊之助に無沙汰を詫びてから、半次が殺されたらしいとの噂を聞いたので、番屋を訪れたことを告げた。庄七は単刀直入に実情を伊之助に話した。故あって半次のことを調べていたことや、今日も半次を訪ねたことなどを手短に語った。

伊之助は岡っ引の仁義から、庄七が半次のなにを調べていたのかを聞かなかった。

「間違いなく殺されたのは半次だ。心臓を鋭利な刃物で一突きされたのが致命傷になった。凶器は、ドスとか脇差ではなく、太い刃物と見た」

「太い刃物とは?」

「例えば、ノミのような刃のある道具類だと思う。それで心臓を一突きだ」

「殺された時刻は?」

「四つの刻と推定している」

「犯行場所は根津権現の境内か?」

「その通りだ。社殿の外塀の脇だ」

「犯行の動機は、どのように見ているんだ?」

「まだ判らない。ただ、物取りや喧嘩でないことだけははっきりしている。半次の着衣に乱れがないことと、犯行現場にも、争った跡がないことから断言できる」

「すると、犯人は半次と顔見知りの可能性が高いな」

「人目を避けて会った場所で殺られたのだろう。ただ、気になることがあるんだ。暮れ六つ前に、境内で五、六人の男たちがドスを振りかざして争っているのが目撃されている」

「半次がかかわったことがどうして判ったのだ?」

「その時刻に、半次が門前町の絵草紙屋で役者絵を買ったことや、その後境内へ向かったことが目撃されていたのだ。これらのことから、半次が争いに加わっていたと推測できる。それから、半次の死体の傍らには、買った二枚の役者絵が残されていた」

「実は、その目撃された争いとは、私が半次たち五人に襲われたものだ。半次のことを調べていたことに因縁を付けられたのだ。それから、絵草紙屋で半次の買った役者絵のことを訊ねたのも、私だ」

「襲われたとき、庄七さんはなにを武器にしたんだ」

「ドスを持った五人を相手に素手では闘えないから、藤棚の竹で急場をしのいだ」

「それで、謎の一つが解けた。半次の内股に棒で突かれた痣があったが、なぜ、できたのか不明だったのだ」

「半次の買った役者絵と今回の事件とは関わりはあるのか?」

「なにも関係ないと見ている。好いた女にでもやるつもりだったのかも知れないな」

「半次殺しの事件はどうなるね?」

「半次の子分に問いただしても、夕方の喧嘩の相手が殺ったと言い張るだけだ。つまり、庄七さんが犯人だときめつけている。だから、決着はやくざ同士の喧嘩のあげくに殺されたことになるだろう。家主も疫病神を追い払うことが出来たので、内心ほっとしている。半次は、身内もなく、博奕と女に明け暮れしていた男だから、この事件を荒立てる者は誰もいないよ。結局、誰もがやくざ同士の喧嘩沙汰で落着することを望んでいるのさ」

「やくざ者の末期はいつも哀れだな。それでは、私が半次に襲われ、争ったことはどうするね?」

「庄七さんが訴えない限り事件にはならない。私自身もなにも聞かなかったことにした方が面倒を招かない」

「それでは、私の証言が必要になったときは呼び出してくれ。いつでも喜んで証言する」

庄七は伊之助に丁重に礼を述べて、自身番屋をあとにした。

庄七は駕篭を飛ばして店へ戻った。主人の誠四郎が留守だったので、伊吉と忠吉を部屋へ呼んだ。半次が殺されたことを詳しく説明してから、伊吉には小春のおまんの所へすぐ悔やみに行くよう命じた。それに、三吉とかかわりが有ると思われている五人の親方の昨夜の行動を確認することを、指示した。

伊吉は彫新を密かに訪れ、久蔵を呼び出した。久蔵にはやむなく三吉の母親が探している親方の手掛かりを掴んだ、と作り話を話した。手掛かりとは——親方を見知っている人が、親方を前日の夜四つの刻に根津権現の境内近くで見かけた、というもので、その人は今朝早立ちで上方へ旅にでてしまったので、久蔵の力を借りたいのだ、と伊吉は語った。

「久蔵さんに頼みたいことがあるのさ。二日前の夜に、根津権現へ出向いた親方が誰かを当たってもらいたいのだ。俺は、なんどもこの件で新八親方にお願いしたから、もう頼みにくいのさ」

「俺が、根津権現へ行った親方が誰であったかを探せばいいんだな?」

「そうだ。しかし、根津権現へ行った親方は個人的な用件で出向いたかも知れないから、内密に調べてほしいのさ。根津権現へ行ったことを調べるのがむずかしかったら、四つ半頃まで家を明けていた親方の名前が判ればいいよ」

「判った。俺が死んだ三吉兄ィの代わりに親孝行をやれば、三吉兄ィの供養になるしな。それで、思い出したことがあるんだ。三吉兄ィは岩井半四郎の役者絵の毛彫りをしたんだ。正吉親方が風邪で半日ほど休んだときの急場しのぎだったのさ。この事を知っているのは、正吉親方と俺だけだぜ」

「久蔵さん、いいこと聞かせてもらったぜ。二、三日したら聞きにくるからな」

二日後に、久蔵がもたらした報告は「九つの刻まで、家を明けていた親方は新八親方と治助親方の二人の可能性が高い」とのことであった。

二

誠四郎は半次が殺されたとの報告を受けたとき、思わず我が耳を疑った。奪われた書状を取り戻すために追い続けてきた手掛かりが、うたかたの如く消えた無念さだけではなく、三吉が殺され、また半次が殺された忌まわしさに心が沈んだ。

その夜、誠四郎はこれからの策を検討するために、庄七、市兵衛、佐吉、伊吉の四人を集めた。半次が殺された現場に残された二枚の写楽の役者絵に、どんな手掛かりが隠されているのかを知りたかったのだ。

庄七が口火を切った。

「半次が殺されたことは、事件解決の最大の手掛かりを失ったことになります。しかし、半次が殺されたことで、逆に、犯人に迫る線がはっきり見えたと断言できます」

「なぜかな?」と市兵衛が庄七を促した。

「順を追って説明しましょう。三吉が犯人を強請るネタをつかみ、強請に使う物を手に入れた。すぐに三吉はその物を飛脚便で半次の所へ送った。理由は、三吉は手に入れた物を犯人が取り戻しにくると察知していたからです」

「ふむ」と市兵衛は頷いた。

「予想通り、犯人はその物を取り戻そうと三吉を訪れた。犯人は三吉を脅したり、すかしたりして、店《うち》の飛脚便で送ったことを聞き出した」

「ふむ、そのあとで、三吉は殺されたのか？」

「まず、犯人は三吉の口を封じたのです」

「次に、清吉を襲い、飛脚箱を奪ったのだな？」

「間違いありませんね」と庄七が大きく頷いた。

「ところが、今度は半次が現れた」

「強請の主役は半次だったのです。三吉は脇役に過ぎなかった」

「半次が強請りにきたのだな？」

「そうだと思います。半次は強請る相手は知っていても、強請れる材料が手元になかった。しかし、半次はしたたかだった。彼なりに強請る材料を集め、強引に金を出させようとした。追い詰められた犯人は、半次を殺さざるを得なかったのです」

「半次が強請に使ったのが、死体の側に落ちていた二枚の役者絵なのか？」

「そう推理していいと思います。岡っ引の伊之助さんは女への贈り物だとみています。しかし、佐乃屋のおまんは歌舞伎を観ないし、まして半四郎の贔屓でもありません」

「三吉が彫新で写楽の版下の仕事をしていたことや、半次が蔦重の役者絵を強請に使ったことから、彫新が標的だったことになるな」

　市兵衛と庄七のやり取りを黙って聞いていた誠四郎が口を挟んだ。

「半四郎を描いた役者絵と彫新の弱みは、どう絡むのかな？」

「役者絵に描かれた岩井半四郎は、瀬川菊之丞と歌舞伎界を二分する人気女形で、〈お多福半四郎〉のあだ名の愛くるしい丸顔の役者だろ。どう考えても、女形の半四郎と強請るネタが結び付くとは思えないな」と芝居に詳しい市兵衛が自分の考えを口にした。すると、伊吉が久蔵から聞き出したことを告げた。

「三吉が半四郎の大首絵の毛彫りを正吉親方に代わってしたそうです。正吉親方が風邪を引いたためですが、内密になっているそうですよ」

「しかし、三吉の毛彫りが強請のネタになると思えないな」

　誠四郎が庄七へ訊ねた。

「演じられた狂言との関係は？」

「一枚は五月の都座狂言〈恋女房染分手綱〉の仇討物、もう一枚は顔見世狂言〈松貞婦女楠〉の太平記物で河原崎座で演じられました。ここに謎が隠されているとは、とても考えられませんね」

「半四郎の演ずる役柄はどうなんだ？」

「五月狂言は乳人重の井の役を演じています。重の井の夫は伊達与作、父親は能役者竹村定之進、子供が三吉で、顔見世狂言では左馬之助妹さへだを演じています」

「三吉の名がでたが、なにか意味があるのだろうか？」

「単なる偶然だと見た方がよいと思います」

伊吉が誠四郎へ提案した。

「役者絵に隠された謎については、役者絵に詳しい良庵先生に聞いたらいかがでしょうか?」

「それはいい考えだ。すぐ良庵の知恵を借りることにしよう」

誠四郎は、頷くと、四人をゆっくり見回した。

「清吉を襲った犯人が三吉や半次を殺した者と同一人であることは推定できたが、まだ、彫新の誰れだかは特定できていない……」

伊吉が誠四郎の指摘に答えた。

「一番重要な手掛かりは、三吉が残した『親方』という言葉です。今までの調べで、親方とは年齢四十歳前後、背丈五尺前後、職人風の男、利き手は右、ノミが使える者、であることが明らかになりました」

市兵衛が先を促した。

「十月以降に浮世絵を刊行した版元は蔦屋、和泉屋、播磨屋ですが、三吉が死ぬ半月前まで手間取の仕事をしていたのは、蔦重以外に考えられません」

「蔦重の仕事場で条件に当てはまる親方は何人いるのだ?」と誠四郎が伊吉に訊ねた。

「蔦重の仕事場は彫新と彫竜で、四十年配の親方は五人います。彫新のところが新八、信吉、治助、喜作の四人、彫竜のところが粂次です」

「五人ともノミを使い慣れた親方なのだな」

「さらに半次が殺された時刻の親方たちの所在から推測すると、新八と治助の二人になります」

「では、誰が犯人だと思うのだ?」

ずばり誠四郎が伊吉に訊ねた。伊吉は躊躇することなく答えた。

「一番疑わしいのは新八親方です。でも決め手になる証拠がないのです。新八親方が犯行現場で目撃された証言は得られていません。すべてが状況証拠に過ぎないのです。しかし、私の心証は新八親方です」

庄七が付け加えた。

「私も新八親方が疑わしいと思っています。犯行場所は、犯人の住まいと関連性が強いものです。新八親方の住まいが神田相生町であることに注目してください。清吉が襲われたのが浅草新寺町、三吉が殺されたのが向島竪川、半次が殺されたのが根津権現です。この三カ所とも神田相生町を中心にほぼ同じ距離になります。当然土地勘も働きますね」

「状況証拠を新八親方に突き付けて、犯人だと白状させられないのか?」

市兵衛の短兵急な問いに、伊吉が無念そうに首を横に振った。

「状況証拠だけで新八親方を責め立てても、言い逃られてしまえば万事休すになります。半次が死んで犯人の裏を取ることが出来なくなった以上、新八親方を自白に追い込める証拠がなければ打つ手はありません」

「詰めは慎重にやろう……。伊吉、よくここまで調べ上げたな」と誠四郎が伊吉をねぎらった。

佐吉が重い口を開いた。

「新八親方が犯人だとすると、三吉や半次はどんなネタで強請ろうとしたんだろうか？」

「ところが、新八親方の身辺に強請られるようなネタが見当たらないのです。彼は若いときから蔦重の仕事を一筋につとめてきた真面目な職人で、博奕などの賭け事には無関心です。酒や女は義理で付き合う程度ですから、脅かされるような弱みが見当たらないのですよ」

「世間では模範的な男が、裏では人に言えない悪《わるさ》をする話はよくあるぞ。三吉は博奕好きで、女遊びにうつつを抜かす遊び人だから、裏世界からなにかネタを仕入れたのかも知れないぞ？」

「その可能性は否定できませんが、そのようなネタの強請ならば、金で解決できるから殺人まではいたらないと思いますよ。私が半次に強請られたとして、考えてみましょうか。個人的なネタならば金を払ってすませますね。では、殺人まで追い詰められる場合は？　何度も強請られ金が払えなくなるか、あるいは、はやぶさ屋の信用や名誉にからんだ強請です。この場合は、店の信用や名誉を守るために、口を封ずる行動に出る可能性はありますね」

　市兵衛が伊吉に訊ねた。

「新八親方には金で追い詰められた様子はあったのか？」

「そんな気配はありませんでした」

「すると、蔦重の信用とか名誉とがかかわってくるな。蔦重は三年前に財産と店の半分を幕府に没収されるお咎めを受けていたから、外部の介入を招く問題には神経質になっていたかも知れないぞ」と誠四郎が、蔦重の苦い事件に触れた。

「三吉が手間取りしていたのは顔見世狂言の写楽の版木彫りだが、新八親方が守ろうとしたものはなんだろうか？」と市兵衛が独り言のように呟いた。

議論が途切れ、沈黙が訪れた。重苦しい雰囲気を誠四郎が破った。

「この辺で議論を整理するぞ。飛脚箱を奪った犯人は三吉と半次を殺した犯人と同一人物であることが推定できた。犯人像は、年齢四十歳前後、背丈五尺前後、職人風の親方と呼ばれている男で、右手利きの鑿を使い慣れた男である。次に、犯人像に近い親方は六人おり、新八、信吉、治助、喜作、粂次、浅吉が該当する。この中で最も疑わしいのは新八親方である。しかし、それは状況証拠だけである。半次が新八親方を強請ろうとしていたネタは、写楽が描いた半四郎の大首絵にからんでいる可能性が高い」

三

伊吉は憂き世のものの哀れを感じてしまった。伊吉は、何度か杯を酌み交わし、色事を自慢し合った半次に妙な親近感を抱いていた。三吉にせよ、半次にせよ、彼等は松平定信の幕府財政立て直し政策のもたらした不況の重圧に、押しつぶされた小悪党であった。寛政の改革と後世史家に呼ばれた定信の政策は、庶民生活にしわ寄せする経済統制と思想・風俗の弾圧をセットにした赤字財政再建を図るデフレ策であった。江戸の商業活動に介入し、華美な生活や奢侈な消費を禁じた厳しい倹約を江戸の町人たちに強いたので、不景気風が庶民生活を巻き込み、職人の仕事を奪い、商人の売上を減少させた。江戸市中に失業者があふれ、無宿者が増えると、石川島の人足寄場に収容した。隠し目付や横目がうろつき、浮浪者ややくざ者の悪行を取り締まるだけであった。ここで活躍するのが火付盗賊改の長谷川平蔵であった。

三吉や半次は自分が仕掛けた悪行の報いで死を招き寄せたのだが、それは悪党に徹し切れない小悪党の宿命でもあった。伊吉の住む世界と三吉や半次の住む世界に本質的な違いはなく、僅かな生き方の違いから生じた差に過ぎなかった。半次の生活が荒れたのは、幕府による奢侈な生活の取り締まりで仕事が減ったからである。それは、真っとうな生活からはみ出した三吉の生きざまにも通ずるものであった。

伊吉は根津権現門前町の小春に直行した。店の内はねぎま鍋のネギの香が漂い、やじ馬根性あふれた客で込み合っていた。客はみな半次の噂を話し合っていた。伊吉が空いている酒樽に腰を下ろすと、目ざとく伊吉に気づいたおとらが注文に来た。

「久しぶりに顔を見せたわね。どこで浮気をしてたのよ」

「三吉兄ィの後始末で忙しくてね。鍋にしてくれ。それに熱燗の酒も」

伊吉は運ばれたねぎま鍋をつつきながら酒を呑み、身体を暖めた。そうこうするうちに、店も空いてきたので、おとらが隣に座った。

「半次兄ィがとんだことになったな」

「喧嘩で殺されたそうよ。おまん姐さんは、半次さんにぞっこんだったから可哀想ね。部屋に閉じこもったまま、食事も取らず泣いてるそうよ」

「半次兄ィには身内がいないから、おまん姐御がしっかりしないと半次兄ィが浮かばれないな」

「半次の弟分はだらしがないから、おまん姐さんが取り仕切らないと半次兄さんの葬式も出せないね」

「悪いけれど、おまん姐さんに半次兄ィの通夜と葬式の相談をしたいと伝えてくれないか」

「いいわ。手が空いたら呼びに行ってくるよ」

半刻ほど無為なときが流れ、伊吉が三本目の燗筒を空にしたころ、掻い巻きをまとったおまんが姿を見せた。おまんの目は赤く腫れ、化粧を落としたままの顔は青白く引きつり、紅を差さない唇は干からびていた。伊吉は湯飲み茶碗に酒を無造作に注ぐと、おまんに差し出した。

「まあ呑めよ。俺もやけ酒をあおっていたのだ。それが半次兄ィへの供養になるんだ。いいかい、おまん姐御が半次兄ィの葬式を出すのだ。金は俺がだすから心配しなくともいい」

おまんは茶碗の酒を一気に飲み干した。伊吉が空の茶碗に酒を注ぐと、あふれた酒が茶碗からこぼれた。

「伊ノさんは、半次とそれほど親しくなかったわ。そんな伊ノさんのお世話になれない」

「半次兄ィと俺は短い付き合いだったが、誰かが半次兄ィの魂をあの世へ送ってやらなければ、半次兄ィは浮かばれないのだ。俺はその役割を引き受けるだけさ」

「どんな葬式であっても、心のこもった人たちが送れば半次の魂は安らぐのね」

「そうだ。今夜は、宮永町の半次兄ィの部屋で、おまん姐御と俺の二人だけでもいいから、通夜をやろう」

「あたいは見世を休んで通夜に行くよ」

「俺は、自身番屋へ行って半次兄ィの死骸を引き取り、家主に通夜を営むことと、明日野辺送りをする話をつける」

おとらが口を挟んだ。

「あたいも親父さんに頼んで、店の仕事を出来るだけ早く切り上げられるようにする。かならず通夜へいくよ」

話がまとまったとき、おまんの顔にやや生気が戻った。

伊吉は家主の与助を訪ねて、通夜を営むことや、明日野辺送りをすることの了解を取り付けた。いろいろな物入りの費用として家主に一両の金を渡した。家主は厄介者が思わぬことで居なくなった気軽さからか、長屋の住人に通夜と野辺送りの手助けをさせると約束してくれた。

半次の部屋には、早桶とミカン箱の焼香台が置かれていた。通夜は、半次の死を悼み安らかに魂を送る寄り合いではなく、仕出屋から運ばれた精進料理を食べ、家主の用意した酒を黙々と飲むだけの席であった。家主は通夜の挨拶を述べると、すぐに退散してしまった。家主に声を掛けられ義理で通夜に出て来た長屋の人たちは、思い出したように時おり焼香をあげ、鐘を鳴らした。部屋の片隅に小さくなって坐ったおまんだけが、半次のために涙を流し続けていた。

暗い雰囲気が破られたのは、半次のやくざ仲間が酒気をおびて入ってきたときであった。

「陰気な通夜は半次兄ィが喜ばないぜ。陽気に半次兄ィをしのぼうぜ」

やくざ者たちは部屋の真ん中に車座になると、傍若無人に酒盛りを始めた。それを機に、長屋の人たちは一人、二人と櫛の歯が抜けるように座を外し、やがて長屋の当番だけが残った。

おまんは少しでも明るくとりつくろおうとしたが、長くは続かず、半次の面影を思い出しては沈み込み、つい涙を流して仕舞う。兄貴分の男がおまんを慰めた。

「大家が酒屋だけあって酒は幾らでも呑めるぜ。姐御も泣いてばかりいないで陽気に呑んでくださいよ」

おまんは涙を拭うと、部屋に残っている者に声をかけた。

「みんなで半次を偲んでくださいな。勘太、こちらが伊吉さんだよ。この通夜を仕切ってくれた伊吉さんへ礼を述べなよ。伊吉さん、こいつが半次の弟分の勘太なの」

「勘太と申す駆け出し者でござんす。お見知り置きください。半次兄ィから、伊吉さんの気っ風の良さは聞かされておりました」

この勘太が庄七のあとをつけ、窮地に追い込んだ男だ、と伊吉は判断した。残りの三人はあちこちに黒アザを残しており、強がりだけが取り柄であった。伊吉はなにげない口ぶりで、誰とはなしに尋ねた。

「半次兄ィを殺った奴の見当はついているのかい?」

「この界隈には半次兄ィを慕う者はいても、殺すほどの恨みを持つ者はいないさ。半次兄ィのダチの三吉兄ィが大川で溺れ死んでから、得たいの知れない奴が兄ィの身辺をうろつき始めたんだ。奴が殺《や》ったのだと思うぜ」

「得たいの知れない奴か」

「目つきの鋭い精悍な感じの男だった。昨日、半次兄ィを付けているそいつを捉えたが、腕の立つ奴で、逃げられてしまった」

勘太は仲間と顔を見合わせ苦笑いした。

「半次兄ィが殺された仕返しはどうするんだ?」

「奴を見つけだすことが先決だが、この広い江戸で捜し出すのはむずかしいな」

やくざ者たちは半次の仇を討つ気はまったくなかった。伊吉はまた探りを入れた。

「半次兄ィと三吉兄ィの二人が殺されたのだが、三吉兄ィはどんなやばい仕事に手をだしていたんだい?」

「俺たちは半次兄ィからなにも聞かされていないんだ。ただ、金になる仕事だと漏らしたことがあったな」

「金になる仕事なら俺もあやかりたいな。どんな山なのかな?」

「三吉兄ィは彫師だから、そこから強請のネタを仕込んだと思うんだ」

「三吉兄ィは溺れ死んだのではなく、殺されたのだと聞いた。殺してまでも守らなくてはならない秘密だとすると、相当金になる強請のネタだったはずだ」と伊吉はさらに探りを入れた。

「金になっても、命と引き換えでは引き合わないぜ」

「姐御も俺たちも強請の相手とネタを知らないのだから、手も足も出せないんだ」

おとらが通夜の席に現れる頃になると、彼らは女と博奕の自慢話に夢中になっていた。

伊吉は適当に彼らの話にあわせながら、半次のことを偲び、おまんを慰めた。

「半次兄ィは、おまんさんに真から惚れていたな。俺は半次兄ィののろけを聞かされて困ったよ。いや、本当は羨ましかったんだ」

「半次は博奕好きで、女に目のないやくざもんだったわ。世間から爪弾きされた半端もんよ。でも、あたいにはかけがえのない人だったの」

「半次兄ィは、世間の冷たい目に反発したやくざ者だったが、弱い落ちこぼれ者には暖かい人だったように見えたな」

「博奕の金をせびっても、決してあたいを金づるにしてしゃぶらなかった。博奕に勝てば半襟などを買ってくれたわ」

「その優しさが、おまんさんにはたまらなかったのだろうな」

「佐乃屋にくる男は誰もあたいの躯だけを求めるだけ。男たちは自分が楽しむためにに、あたいにお世辞を言い、半襟や簪を買ってくれるだけ。だから、払ってくれるお金に応じて極楽を味あわせてあげたわ」

「俺も同じだ。岡場所へやって来る男はみな同じ穴のムジナさ」

「でも、半次だけは、あたいを安女郎ではなく、女として扱ってくれたの。あたいは半次に抱かれたときだけ、女の喜びを感じたの。この世に生まれた惨めさを忘れることができたわ。でも、決してやくざ者と安女郎の弱い者同士が、お互いに傷をなめ合ったのではないの」

「そうさ。半次兄ィはおまんさんに惚れ、おまんさんが半次兄ィに惚れた。おまんさんは江戸一番の幸せ者だったんだ」

「あたいは安女郎だから先行きは知れているの。でも、短い期間であっても幸福を味わえたのは、半次のお陰なの。これから辛いことがあっても、この思い出があたいを支えてくれるわ」

「そうだな。俺はおまんさんになにもしてやれないが、これからは困ったときは声をかけてくれ。少しは役立つかも知れないから……」

「有り難う。伊ノさんは、あたいとは住む世界が違うのに、半次の通夜と明日の葬式を取り仕切ってくれたわ。あたいはこれで十分。もうあたいは惨めな自分の姿を伊ノさんに晒したくないの。あたいにも自尊心があるんだ。あたいは幸せ一杯だったの。この幸せな姿のまま、伊ノさんと別れたい。伊ノさん、あたいと一緒に明日の朝まで半次の冥福のために飲んでくださいな」

二人は夜通し酒を飲み交わし続けたが、明け方頃になるとおまんは酔い潰れていた。伊吉は、おまんの寝顔の寂しさがやり切れなかった。

四

良庵は根岸へ向かって歩いていた。根岸にある川越屋の寮へ往診に行くのである。西の方に見える上野の黒々とした森を借景にした草葺き屋根の家が、田園の趣を際立たせていた。根岸の里は、歩んでいるだけで心が和んだ。ゆったりとした時の流れが、心にたまった澱みを少しずつ洗い流してくれるからだ。

川越屋の寮は、竹と柴で粗く編んだ垣根の奥にあった。蔵前の札差商であった川越屋善兵衛は、数年前に息子に身代を譲り、老妻と隠居生活を送っていた。ところが、老妻のおまつが昨年秋から胃腸病を患い、良庵は月に一度治療に訪れていた。

この年の猛暑で、おまつは秋口から衰弱が目立つようになり、床に伏していた。診察が終わると、善兵衛が老妻の様子について説明した。

「おまつが、評判になっている桐座の顔見世芝居を見たいとわがままを申すので、難儀をしておるんですよ。せめて、芝居小屋の雰囲気だけでも味わせたいので、写楽の役者絵を買いました」

善兵衛が枕元にある団十郎の役者絵を取り出すと、おまつが嬉しそうに頷いた。深い絆で結ばれている老夫婦の姿がそこにあった。

このとき、ある光景が閃光のように良庵の頭をよぎった。それは昨年暮れのお菊が死の床にあったときの光景であった。昨年の十一月に、京橋の京伝宅へ往診に行ったときに、お菊は嬉しそうに、「京伝が都座の顔見世狂言〈優美《やさ》軍配《ぐんばい》都《みやこ》陣取《じんどり》〉の舞台をあるがままに説明してくれたの」と話したのだ。半五郎の演ずる手塚の太郎が菊之丞の巴御前と今生の別れを惜しむ場面を語る、お菊の表情は生き生きと輝いていた。とても死が迫っている病人には思えなかった。

お菊の姉は狂言作家玉巻恵助の妻で、妹は後世吉原で名妓の名を欲しいままにした扇屋の滝川であった。三人とも歌舞伎が好きで、お菊は瀬川菊之丞、坂田半五郎、佐野川市松の贔屓筋でもあった。それだけに、病の床に臥せっていても、演じられている狂言や贔屓の役者衆の評判を気に掛けていたのだった。

お菊は町屋の娘ではなく、苦界に身を置いた女であった。京伝は、吉原扇屋で源氏名菊園を名乗るお菊を知り、その初々しさとにじみでる教養深い立ち振る舞いに一目惚れした。京伝の吉原での遊び方は、馴染みを重ね、遊女の誠を知り、心を通じ合わせるものであった。二人が晴れて夫婦になったのは、菊園の年期が明けた十二年後である。結婚しても、お菊は気立てが優しく、立ち振る舞いは淑やかで、姑にも陰日なたなく仕え、家事に打ち込む妻だった。京伝は誰はばかることなくお菊をいとおしみ、〈菊軒〉〈菊亭〉〈菊亭主人〉と名乗った。

結婚した翌年、京伝の書いた洒落本〈娼妓絹籭《しょうぎきぬぶるい》〉〈青楼昼之世界錦《せいろうひるのせかいにしき》の裏《うら》〉〈仕懸文庫《しかけぶんこ》〉の三作品がお咎めを受け、手鎖五十日の罰が科せられた。

お菊は、洒落本が書けず鬱々とする京伝を慰めながら、京橋木戸際に開いた煙草入れ店を軌道に乗せようと、一生懸命につとめた。だが、知らず知らずの内に、心労がお菊の身体を蝕んでいた。お菊の治療を委ねられたとき、良庵は、お菊を救う治療法がないことを正直に京伝へ伝えた。その病名は現在でいう子宮ガンで、当時は不治の病であった。

京伝と良庵が出した答えは、お菊を心穏やかにあの世へ送り出してやることであった。京伝はお菊が「背中が痛い」と言えば、一晩中優しくそこをさすってやった。お菊が好きな食べ物を取り寄せては、長い時間をかけて口に運んでやった。優しくいたわってあげ、お菊の気をまぎらわせるためには、どんなことでもしてあげた。その姿は、互いにいとおしみ、残された日々を楽しむ充実した生活そのものであった。京伝はお菊のために歌舞伎舞台を彷彿させる役者絵を描き、お菊にあるがままの役者の所作を語ってあげたのだ。師走も迫った三十日に、お菊は京伝に看取られながら息をひきとった。悲しい別れであったが、お菊の死顔は神々しいまでに美しく、幸福に満ちていた。

良庵は早駕籠を雇って家へ急がせた。

「写楽の〈楽しませる人〉の謎が解けたんだ。東洲斎写楽の周りを覆っていた霧が晴れたぞ」と良庵は出迎えたおまさに叫んだ。

「どうなさったの?」

おまさの声が良庵に冷静さを取り戻させた。

「東洲斎写楽とは、京伝先生の仮名だった。愛するお菊さんを楽しませるために、役者絵を描いたのだ」

「お菊さんのために……」

おまさは絶句してしまった。

「そうなんだ。お菊さんのために、京伝先生は都座の顔見世狂言〈優美軍配都陣取〉の舞台を描いたんだ。蔦重はその役者絵をお菊さんの病床で偶然に見た。今までの役者絵に飽き足らない蔦重は、求めていた新しい役者絵に出会ったんだ。蔦重は京伝先生に頼み、刊行したのが五月の大首絵なんだ」

「……」

「東洲斎写楽という落款に隠された暗意は、〈江戸城の東方に位置する木場に生まれ、京橋に住み、妻を楽しませるために役者絵を描いた男〉なのだ。つまり、東洲は山東と同意語なんだ。東洲斎写楽とは山東京伝先生のことだったのだ」

この結論にいたった推理を、良庵はおまさに詳しく説明した。

「筋の通った解釈ね。お菊さんを楽しませるために、役者絵を描いたまではいいわ。でも、写楽の役者絵は浮世絵界に衝撃的な影響を与える革命的なものだ、とあなたは言ったわ。それだとすると、なぜ、政演の名前で刊行しなかったのかしら？」

「お菊さんの喪中だからか、あるいは、蔦重が世間の目を引くために別落款にしたのか、のいずれかだろう」

「わたしはこう思うの。京伝先生が東洲斎写楽と名乗ったのは、初めから、政演の名で役者絵を長く描く意思がなかったからだわ」

「おまさの考えはこうなのだな。京伝先生は自分の新鮮な大首絵が一度でも刊行されれば、役者絵に革命的な衝撃を与えると自負していた。だから、仮名にする条件付きで蔦重に許した」

「それも、おそらく一回限りだと思うの。だからこそ、京伝先生は東洲斎写楽の仮名を使ったのよ」

「おまさの推理によると、五月狂言の大首絵を描いた絵師と顔見世狂言の大首絵の絵師は、別人になるな」

その晩、良庵は写楽の役者絵のことで知恵を借りにきたと誠四郎の来訪を受けた。

第九章　蔦屋重三郎

一

明け六つに、庄七は伊吉と清吉を伴って神田相生町の彫新へ向かった。師走の慌ただしい本材木町を真っすぐ江戸橋へ進み、安針町を抜けて、和泉橋を渡った先が神田相生町であった。

庄七は、誠四郎から半次たちの強請の目的や写楽の役者絵のカラクリの説明を受けていた。それだけに、なにがなんでも新八を自白に追い込まなければならなかった。失敗は許されないのである。清吉は襲われたときの服装をさせられ、黙ったまま新八親方の目だけを見つめていろ、と命じられていた。

早朝の招かざる訪問客に、新八は迷惑そうに応対した。

「今日は番頭の庄七を伴い、参上いたしました。私は、三吉さんの件で、二度ほど新八親方にお目に掛かりましたね」

新八に警戒の気配が浮かんだ。

「俺は三吉のことはすべて話しましたぜ。こうなんども、同じ用件で仕事の邪魔をされるのは、はなはだ迷惑だな」

「伊吉がなんどもお邪魔いたし、新八親方に三吉さんについてお教えいただいたことを、有り難く思っております。本日、いくつかのことをお聞きすれば、もう、まいりません」

庄七が丁重に頭を下げたので、新八は仕方なしに三人を奥の座敷に通した。新八の女房はお茶をいれるとすぐに姿を消した。

「実は、伊吉が新八親方に三吉さんの件で色々とお聞きしたのは、この清吉が何者かに襲われ、三吉さんの書状が奪われたからでした」と庄七がずばりと切り出した。清吉が新八をじっと見つめた。が、新八は清吉をまったく無視した。

「三吉の書状とおたくの飛脚が襲われたことに、どんな関係があるんだ?」

「実は、三吉さんは、書状を手前どもへ依頼した日の夜に殺されました」

「三吉は酔っ払って竪川に落ちて、水死したと聞いたぜ」

「あれは町奉行所の間違いさ……。本当は川に突き落とされて、殺されたんだ」

庄七の言葉が急に岡っ引きの口調になった。

「馬鹿な。町奉行所が間違うはずはないぜ」

「しかし、三吉の仲間は殺されたと信じている。その理由は、三吉がある物を盗み出し、それを飛脚便で宮永町の半次へ送ったからさ」

「………」

「それで三吉は殺された。口封じのためにな。ところが、殺された夜に三吉が四十がらみの職人と入江町で四つ半まで飲み歩いていたのが目撃されているんだ。職人は身の丈は五尺で、三吉から親方と呼ばれていたそうだ」

「庄七さんとやら、言い掛かりはやめにして欲しいな。私は仕事場へ行かせて貰うよ」と新八が腰を浮かした。委細かまわず庄七が言い放った。

「まあ、聞いてくれ。その親方とは、彫新の職人なのだ」

「駄法螺はやめてもらおう。彫新に人を殺すような職人は一人もいないぜ」と新八はきっぱり否定した。

「目撃された親方に身丈、年配が該当しているのは、新八親方、治助親方、喜作親方、信吉親方の四人だ」

「俺のところに人殺しなんかはいない」

新八の声が一段と高くなった。

「この四人の親方の中で、三吉と半次が殺された時刻に、その所在が不明の親方はたった一人だ」

「俺は、三吉が殺された夜は、仕事場から離れずに正吉と徹夜で仕事をしていた」

「それは聞いたよ。しかし、新八親方自身の証言であって、それを裏付ける証拠はないな」

「正吉に確かめてくれれば疑いは晴れるさ」

「正吉は徹夜したことは認めたよ。だが、仕事に集中していたから、新八親方が一晩中仕事場にいたかどうかは判らないと言っているぜ」

「正吉が間もなく仕事場へ来るから、その濡れ衣は晴らさせてもらうぜ」と新八が自信ありげに言い張った。

庄七が矛先を変えた。

「さっき、三吉がある物を盗み出した、と俺が言ったな。ある物が持ち出された場所が判ったんだ」

新八が探るような眼差しを見せた。

「どこから持ち出したのだ？」

「この仕事場からだ」

「言い掛かりはやめてくれないか」

「三吉は彫新の秘密を嗅ぎ取ったんだ」

「いいかげんにしてくれ。帰れ！」

「まあ、最後までお聞きよ。三吉の口を封じたのに、今度は三吉の兄貴分の半次が彫新の秘密を嗅ぎつけた」

「……」

「慌てた親方は半次を根津権現の境内へ呼び出した。のこのこ現れた半次はノミで心の臓を一突されてあの世行きさ」

庄七が右手で新八の胸を突くような仕草を見せた。新八はその腕を払い、庄七を睨みつけた。

「くそ忙しいのに、お前さんたちは、わざわざ三吉と半次が殺された報告に来たのかい。帰ってくれ」

新八の見幕を宥めるように、庄七が丁寧な口調で言った。

「このへんで半次の強請りのネタを明らかにしましょうか」

新八の表情が険しくなった。

「伊吉、お前は半次さんから強請りのネタを教えて貰ったな？」

「ええ、半次さんから聞きましたよ」と伊吉が大きく頷いた。

「蔦重の秘密にかかわることでした」

新八が伊吉の言葉に緊張の色を見せた。庄七が懐から三世市川八百蔵を描いた役者絵を取り出した。

「この二枚の役者絵を見てくれ」

右に五月狂言の田辺文蔵を描いた役者絵を、左に顔見世狂言の八幡太郎義家を描いた役者絵を並べた。新八は役者絵に目を落としたが、すぐ逸らした。

「どちらも店《うち》で彫った八百蔵の役者絵だ」

「そうさ。だが、同じ絵師が八百蔵を描いた役者絵なのに、余り似ていないな」

そう言いながら、庄七は八幡太郎義家の頬から顎の線描をなぞった。

「素人は困るな。同じ役者でも、興行時期に半年のずれがあり、芝居小屋や役柄が違えばそっくりにならないのが当たり前だ」

「それにしても、たった六か月で八百蔵の顔付きがこんなにも変わるのは不思議だな。では、これはどうだ」

庄七は、今度は鬼次改め仲蔵の大首絵を二枚向かい合わせに並べた。右側に五月狂言の奴江戸兵衛、左側に顔見世狂言の惟喬親王である。

「新八親方、この仲蔵の役者絵にも見覚えがあるよな」

「……」

「では、なぜ仲蔵の場合は似ているのかね？」

「そう思うのは、お前さんたちの勝手だ。理由は簡単だぜ。仲蔵は個性の強い役者だからだよ」

「ほう、そうかい。蔦重の五月狂言大首絵と顔見世狂言大首絵の両方に描かれた役者は六人いるな。宗十郎、八百蔵、高麗蔵、富三郎、半四郎、仲蔵の六人さ。宗十郎、八百蔵、高麗蔵、富三郎の役者絵の顔は微妙に違っている。それなのに、半四郎と仲蔵の顔はどちらも鏡に映したようにそっくりだぜ。この違いを説明してくれないか？」

　庄七が無言で仲蔵の鼻の線描を指でなぞった。新八は無視するかのように目をそらしていた。しばらくの間、沈黙が続いた。

「新八、これは殺された半次の死体の傍らに落ちていた役者絵だ」

　庄七は、岡っ引の新之助から借り受けた二枚の役者絵を取り出し、仲蔵の役者絵の側に並べた。一枚は五月狂言の乳人重の井で、もう一枚は顔見世狂言の左馬之助妹さへだを描いた写楽の役者絵である。どちらにも、黒ずんだ大きなしみがあった。

　庄七が新八の目をじっと見据えた。額に脂汗が浮かんでいる。

「新八、この半四郎の役者絵をよく見ろ。この黒いしみは、お前が殺した半次の血の跡だ。お前がノミで一突きした半次の血だ」と庄七が役者絵の黒ずんだしみを叩いた。新八は役者絵から目をそらしたままだった。

「伊吉、半次から聞いた話を新八へ話してやれ」

伊吉が一世一代の大芝居を打った。

「半次は写楽の役者絵のカラクリをネタに新八親方を強請ると言っていました。そのカラクリとは、六か月の間に絵師が途中ですり替わったことだ、と私に話しました」

新八の顔が青白になった。目はうつろに見開かれたままであった。

「その証拠がこの二枚の大首絵だ。仲蔵と半四郎の大首絵は描く時間がなくなり、五月狂言の大首絵をそっくり写し、左右逆にしたのだと……」

「新八、ネタは割れたのだ。五月狂言の乳人重の井を描いたのは山東京伝だ。つまり、東洲斎写楽とは京伝だったのだ。だが、顔見世狂言の左馬之助妹さへだを描いたのは偽者の絵師だ」

「悪事が露見するのは世の常なんだ。三吉が写楽の秘密を暴く証拠となる版下絵の模写をここから盗み出した。それに気付いたお前は、三吉を家から誘い出し、その返還を迫ったが、すでに三吉の手元になかった。盗み出した版下絵の模写は、飛脚便で半次の所へ送られてしまった。それを聞き出すと、口封じに三吉を殺し、証拠物を取り戻すために、この清吉を襲った。次ぎに、半次が半四郎の役者絵で強請ったから殺した」

青ざめた新八の表情は、憎悪に満ちていた。

「新八、もう白状した方がいいぜ。清吉から奪った書状をどこに隠してあるのだ！」

「……」

「私は岡っ引ではないし、番所へ引き渡しもしない。三吉や半次の件はどうでもいいんだ。七通の書状さえ返してもらえばいいんだ」

「……」

「新八、もう一度言うぜ。七通の書状だけを返してもらいたいのだ。さもないと、町奉行所へ恐れながらと訴え出るぜ。どんな迷惑が重三郎さんに掛かるか知れないぞ。三年前の筆禍事件で、蔦重が洒落本絶版と財産半減になったことは覚えているな。今度は間違いなく所払いになるぜ」

新八が苦渋に充ちた声で答えた。

「……返事は明日まで待ってくれ」

「待てない。書状を受け取るまではここに居させてもらうぜ」

「……」

「伊吉、通油町の蔦重へこの役者絵を持って一走りしてくれ」

伊吉が新八の前に並べられた役者絵を掴んだ。新八が止めた。

「――判った。書状を返す。しかし、三吉の書状はもうない」

新八は足を引きずりながら奥へ消えると、間もなく書状の束を持って現れた。庄七が書状の束を改めると、奪われた六通の書状であった。庄七は放心状態の新八に告げた。

「新八親方、確かに書状は受け取った。この件は町奉行所へは届けないから安心しな。今日限り俺たちはここに現れないぜ」

庄七は書状の束を伊吉へ手渡しながら、呟いた。

「やっと書状を取り戻せたな」

二

奪われた六通の書状が戻った。誠四郎ははやぶさ屋の暖簾を守ることが出来た喜びを感ずる一方で、三吉や半次の命が失われた事件のやり切れなさに心が痛んだ。

ただちに隠居所へ出向き、伝右衛門へ事件が落着した顛末を報告した。義父は、「大番頭の市兵衛をはじめ店員一同に事件解決の感謝の気持ちを伝え、労をねぎらってほしい。これはわずかだが酒代の足しにしてくれ」と懐から財布を取り出した。

誠四郎は帳場へ出向くと、兵衛と良庵へ報告をかねた礼状を届けるよう庄七へ指示をした。それから、迷惑を掛けた依頼人へ、取り戻した書状に事件解決の報告の文を添え、市兵衛に届けさせた。長谷川重太郎宛の書状は、依頼人ではなく、重太郎へ届けることにした。

誠四郎は、糸屋儀三郎が蓮寿庵宛へ出した書状を手にしたとき、この書状を明けることが出来るならば地獄に落ちてもよい、と心から思った。そこへ、飛脚屋仲間の頭取である姫路屋林兵衛から、緊急寄合の手紙が届いた。寄合が神田組の世話役加賀屋甚七の発議で招集されたのだと推察できた。

寄合日は三日後で、会場は中国風の卓袱料理で有名な百川であった。寄合に参加したのは、飛脚屋仲間六組の世話役たちの十八人である。江戸の飛脚問屋は、六飛脚屋仲間と呼ばれるギルドを組み、日本橋組、京橋組、芝口組、大芝組、神田組、山之手組の六組合で構成されていた。

緊急寄合の冒頭に、頭取から来年正月の新年会に両町奉行所の諸色調掛の与力が出席する旨の報告があった。その後、二、三の報告事項が述べられた。報告が済むと加賀屋甚七が挙手し、発言を求めた。

「飛脚業の信用を失墜させることが起こったのです。京橋組のはやぶさ屋さんが配達途中で飛脚箱を奪われ、お客から委託された書状を失ったのです。このはやぶさ屋の不祥事についてご討議いただきたいのです」

加賀屋甚七は事務的に述べたが、表情には、はやぶさ屋を糾弾する意図がありありとあらわれていた。この提案に、だれも異議を申し出なかった。姫路屋林兵衛が提案を受理した。

「加賀屋さん、意見を述べてください」

「はやぶさ屋は、真昼間の江戸市中において飛脚箱を奪われたにもかかわらず、この事故の届けを組合へしておりません。自店の不手際を隠蔽したかったからです」

姫路屋林兵衛が誠四郎に釈明を促した。

「当店の飛脚が賊に襲われ、委託された書状を奪われたことは事実です。事故の届けは、昨日京橋組経由で頭取へ行いました。遅れたことをこの席でお詫びいたします」

「なぜ、昨日まで届けを遅らしたのですか？」と姫路屋林兵衛が訊ねた。

「奪われた書状を取り戻すことに専念していたからです。そのために、届けが遅れてしまいました。お許しいただきたいと存じます」

誠四郎は、深々と頭を下げ、届けが遅れたことを率直に詫びた。姫路屋林兵衛がとりなすよう両者の間に割ってはいった。

「届けが遅れた責任は別に検討することにしましょう。加賀屋さん、話を先へ進めてください」

「次は、なぜ、事故が起こったかです。今回の事故は見習中の飛脚が起こしたと聞いております。はやぶさ屋が半人前の飛脚に仕事をさせたことが、事故を招いたのです」

「担当の飛脚が急病のため、止むなく見習中の飛脚を使いました。この見習飛脚はすでに八か月も飛脚の仕事に従事しており、間もなく本飛脚へ引き上げる予定でした。しかし、事故は本飛脚であっても、防げなかったと判断しております」

誠四郎は事故の経緯を詳しく説明した。見習中の者を町飛脚に使うことは、どこの飛脚屋も行っていることであったから、はやぶさ屋を非難する声は多く出なかった。だが、加賀屋甚七は追求の手を緩めなかった。

「では、はやぶさ屋は今回の不祥事がもたらした飛脚業の信用失墜を、どのように回復させるお積りですか?」

「事故がもたらした信用失墜を回復させる最善の方法は、奪われた書状を取り戻し、お客様の信頼を取り戻すことだと思っております」

「それは事後の解決策にすぎない。書状が予定通り届けられなかった、信用失墜は回復できませんね」

「確かに、予定通り書状が届けられなかった信用失墜は永久に回復できないでしょう。それだけに、お客さまの信頼を回復する努力をこれから誠心誠意重ねる外ないと思っております」

誠四郎は苦しい答弁に終始していたが、あえて奪われた書状を取り戻したことは口に出さなかった。

加賀屋甚七は誠四郎の弁明をあざ笑うかのように、敵意をあらわにした。

「では、はやぶさ屋はお客さまの不満をすべて解決できたのですか?」

「お客さまのご不満を解消いただけるよう誠意を尽くしましたが……」

姫路屋林兵衛が誠四郎に聞いた。

「お客さまとの話し合いの過程で、問題は起こりませんでしたか?」

「いくつかの問題は起こりましたが、お客さまのご希望にそった解決を図りました」

加賀屋甚七が誠四郎の説明に対して疑い深げに異論を挟んだ。

「そうでしょうか? はやぶさ屋に強引に押し切られたと不満をもらしている、依頼人がおりますよ」

姫路屋林兵衛が加賀屋甚七に問うた。

「その依頼人はどなたですか?」

「麹町隼丁の糸屋儀三郎さんです。損失の金額を証明する書類の提示を求められ、店の秘密を守るためにできないと断ったため、不満足な解決を余儀なくされたと申しておりました」

「糸屋儀三郎様とは何回も話し合いをおこない、申し入れ通りの条件で解決できましたよ」

「しかし、糸屋儀三郎さんは、その話し合いの結果に不満をもらされているのです。その証拠となる、はやぶさ屋が不手際を認める詫び状を手元に用意しております」

いよいよ加賀屋甚七が牙をむきだした。誠四郎は取り戻した糸屋儀三郎の書状にすべてを賭けることにした。

「加賀屋さんがご指摘なさった糸屋儀三郎様の苦情については、この場で、頭取に調停役を引き受けていただきたいと思います」と誠四郎は姫路屋林兵衛へ調停を申し出た。

「加賀屋さんを介して、糸屋儀三郎さんから、はやぶさ屋の事故処理に不満の申し出があり、これに対して、はやぶさ屋からはその調停を申し立てられましたので、受理いたしたいとぞんじます」と姫路屋林兵衛が調停に入ることを告げた。

思いもよらぬ誠四郎の提案に、加賀屋甚七の表情が不安でこわばった。委細かまわず、誠四郎は反撃を開始した。

「苦情の内容をご検討いただくために、二つの資料を頭取へ提出いたします。一つは、糸屋儀三郎様と取り交わした詫び状の控で御座います。もう一つは、糸屋儀三郎様から依頼された書状で御座います。幸い、この書状は数日前に取り戻すことができました」

寄合の出席者の間にざわめきが起こり、加賀屋甚七の顔色に緊張が走った。

「事実の確認を行うために、加賀屋さんは、はやぶさ屋さんが書いた詫び状を提出してください。はやぶさ屋は、糸屋儀三郎さんから依頼された書状を提出してください」

詫び状と書状を受け取った姫路屋林兵衛は、同意を得るかのように出席者を見回した。

「では、最初に、糸屋儀三郎さんの書状をこの席で開封することについて、皆さまのご了解を得たいとぞんじます。本来、お客さまから依頼された書状は開封できないのですが、糸屋儀三郎さんから、はやぶさ屋へ異議の申し立てがありましたので、例外扱いにさせていただきます。加賀屋さん、よろしゅう御座いますね?」

「糸屋儀三郎さんの苦情申し立ては事実ですので、異論はありません」

加賀屋は承諾せざるを得なかった。姫路屋林兵衛は、書状を開くと丹念に読み始めた。次に、詫び状に目を通した。もう一度、ゆっくり一字一字追うように書状を読み返した。姫路屋林兵衛が書記役に詫び状と書状を渡し、目を通すことを促した。書記役が丁寧に二回読み、姫路屋林兵衛へ戻した。

寄合の出席者たちは、息を殺して姫路屋林兵衛の口元を見つめた。

「詫び状の内容は、次の二つに要約できます。一つは、はやぶさ屋の書状紛失についての文字通りの詫び状そのものです。一つは、損失額の補償と信用失墜の見舞金を支払う内容となっています」

会場の飛脚屋仲間は詫び状の内容を読み取ろうと目をこらしたが、すぐに詫び状は畳まれてしまった。姫路屋林兵衛が書状を手にした。

「この書状は、糸屋儀三郎さんから蓮寿庵宛に出されております。書状と同封された書類の内容を明らかにすることは、お客さまの私事に関するものですから、ご勘弁ねがいます。しかし、書状の紛失によりこうむる損失額と、はやぶさ屋の支払額との間には大きな不均衡があります」

出席者たちの目は誠四郎と加賀屋甚七へ集中した。

「はやぶさ屋は、過大な金額を糸屋儀三郎さんへ支払っております」

姫路屋林兵衛の一言は、長かった事件がやっと終わったことを誠四郎に告げた。

「書状紛失に伴う損失額はどのくらいなのですか?」と大芝組の世話役が尋ねた。

「難しい質問ですね。申し上げられることは、紛失が直ちに金銭的な損失につながらないことだけです」

再びどよめきが起こり、加賀屋甚七は顔を伏せてしまった。

「それで、はやぶさ屋さんはいくら支払ったのですか?」

姫路屋林兵衛はそれに答えず、誠四郎の方へ視線を移した。

誠四郎は苦笑いしながら答えた。

「金額を明らかにすることはご勘弁ください。支払った理由は、飛脚問屋の信用失墜を回復させるためだった、とご解釈ください」

誠四郎の答えで緊急寄合は終わり、卓袱料理の宴会へ移った。百川の名物卓袱料理は八椀菜と呼ばれる中華料理で、八つの器と皿に盛られた豪華な肉・魚介類の料理であった。

誠四郎は好物の卓袱料理を心いくまで味あうことができた。加賀屋甚七は宴の半ばで退席してしまった。

三

伊吉は事件が解決したあと、写楽の役者絵を持って亀沢町の裏長屋におくまを訪ねた。おくまは伊吉や近所の女房たちに元気付けられて、三吉を失った衝撃から立ち直っていた。数日前から、小料理屋の下働きにも出るようになった。だが、それは表面的に平常な生活に立ち戻ったに過ぎず、心に受けた傷は針の筵に坐ったように癒されることはないのだ、と伊吉は思った。伊吉は、三吉を殺めた新八のことをおくまにどう話そうか、と思い悩んでいた。途中で、おくまの好物の焼き芋を琉球屋で買い、回向院近くの香物屋で線香を買い求めた。

「伊吉さん、いつも有り難うよ」

「お袋が喜んでくれれば、俺は満足さ。今日は、お袋が喜ぶ話を伝えにきたんだ」

「わたしは、伊吉さんが来てくれるだけで嬉しいのさ」

伊吉は三吉を殺めた新八の名前は伏せて、おくまに話そうと決めた。

「お袋、三吉さんを殺めた親方が判ったよ。だが、その親方はもう死んでしまった。死ぬ前に親方は、三吉さんを殺めたことを心から詫びていたそうだ。今日は、それを報告にきたんだ」

「よかった。今日は、三吉の三十五日法要の日なの。三吉が死んだ当初は、あの子が大川で溺れてる夢を毎晩見たんだ。わたしに助けを求めるの。でも、助けようとしても、身体が動かないのさ。わたしは、あの子に『ごめんね。ごめんね』と岸から謝るだけだった。それが、この頃は三吉が極楽にいる夢に変わったの」

「お袋、よかったな」

「朝と昼と寝る前の三回、位牌にお線香を上げるんだ。三吉の魂が西方浄土で安らかに休めるよう観音さまにお願いするの……。だから、もう親方へ恨み事は言わない。恨みは、それを抱く人の心もみじめにするからね」

「お袋は偉いな」

伊吉は、おくまの言葉が嬉しかった。

「お袋、知っているかい。三十五日法要の日は、閻魔大王が閻魔庁の八面鏡の間で亡者へ審判を下す、と聞いたぜ。でも、三吉さんは大丈夫だ。お袋が毎日勤める、追善供養の姿が浄玻璃鏡《じょうはりきょう》に映しだされるからな。お袋、安心しなよ。三吉さんは、極楽へ間違いなく送られるぜ」

「伊吉さんにそう言って貰うと、心が休まる」

「俺も、三吉さんの極楽往生を願いたいから、線香をあげさせてもらうよ」

「そうしておくれ。三吉も、さぞ喜ぶことだろう」

伊吉は三吉の白木の位牌へ線香を上げながら——三吉、俺はおくまさんを自分のお袋のつもりで孝行するぜ、と心の中で約束した。

「お袋、いい物を見せよう」

伊吉は紙包みを開き、写楽の役者絵を取り出した。

「三吉さんが一番大切な所を彫った役者絵だよ。三吉さんの形見にと思って、持ってきたんだ」

おくまは壊れ物に触るように、人気女形の岩井半四郎の大首絵を手にした。別の三枚の組み絵は、都座顔見世興行の〈閏訥子名歌誉〉を描いた役者絵である。

「奇麗な役者絵だね」

「どの役者も千両役者なんだぜ。これが四世岩井半四郎、こちらの組み絵が三世瀬川菊之丞、三世沢村宗十郎、二世中村野塩なのさ」

「わたしには役者衆の名前も顔も判らないけれども、これが有名な半四郎かい？」

「そうさ。ふっくらとしたお多福顔をしているから、お多福半四郎と言われているんだ」

「ほれぼれする顔だね。それに、着物の襟を掴んだ指にお色気があるね」

「お袋も、娘の頃は男衆を悩ませたんだろうな？」

「年寄りをからかうのはよしなよ」

おくまが軽く伊吉の肩を叩いた。伊吉は嬉しかった。

おくまが真顔になった。

「それで、三吉はどこを彫ったんだい？」

「ここだよ。一番難しい髪のところだ」と伊吉は半四郎が扮するさへだの髪を指さした。おくまはあたかも三吉をいとおしむかのように、さへだの髷をそっと撫なぜた。

「まるで本物の髷に見えるね」

「浮世絵に明るい人の話では、三吉さんの腕前は一流だったそうだ。だから、蔦重はこの半四郎の髪を三吉さんに彫らせたのさ」

おくまの頬に涙が一筋こぼれた。

「三吉は馬鹿野郎だ。真面目に仕事に励んでいれば……」

「……」

「お前は馬鹿野郎だ。こんなにいい仕事ができたのに……」とおくまが三吉の位牌に言い聞かせるように呟いた。

「そうさ。三吉は、こんなに美しく役者絵が彫れる腕を持っていたんだ」

「本当に馬鹿野郎だ……」

「馬鹿野郎でも、三吉さんは、役者絵を彫るときの心根はきっと優しかったんだ」

「伊吉さん、有り難うよ。この役者絵は三吉の形見にさせてもらうよ」

おくまは涙を拭うと、寂しそうに笑った。

四

はやぶさ屋は、飛脚箱強奪事件の痛手から回復し、正常な業務活動に戻っていた。

清吉も受けた精神的な衝撃も癒え、亀次から飛脚見習いの最終訓練を受けていた。誠四郎は事件が清吉を一層たくましく育て、使用人たちの仲間意識を高めたことが嬉しかった。

姫路屋の仲裁で、糸屋儀三郎から五十両が返還された。しばらくすると、糸屋儀三郎の娘おやえと加賀屋甚七の跡取りとの縁組が破談となった噂が聞こえてきた。

そんなある日、日本橋通町の駿河屋長兵衛から使いが訪れた。書状には十二月十二日の〈浅草観音煤払い〉の日にお茶を点てたいので、駿河屋へ来訪願いたいとしたためてあった。来訪の折りには、義父伝右衛門も同道願いたい旨が書き添えてあった。

その日は、冬空に雲一つなかった。伝右衛門は朝からまるで千年の知己に会えるかのように心を浮き立たせていた。

顔馴染みになった中年の手代に案内されて、誠四郎と伝右衛門は奥座敷へ通された。座敷の床の間に『裁断佛祖　吹毛常磨　機輪転処　虚空咬牙』の掛け軸が掛けられてあった。花瓶には臘梅の小枝が生けられてあった。ふくよかな花の香りが春の近いことを告げていた。

長兵衛が挨拶にあらわれたとき、伝右衛門は掛け軸の書に見入っていた。

「素晴らしい書ですね」

伝右衛門の言葉に、長兵衛が大きく頷いた。

「この大燈国師の遺喝の心境に達したいと願っておりますが、まだまだ未熟な私には、ほど遠いのが現実です」

「私も同じ心境ですね」

二人は、互いに顔を見合わせ微笑んだ。

「はやぶさ屋さんは、ご立派な跡継ぎをお育てになりましたな。羨ましい限りです」

「私には過ぎたる婿だ、とあちこちで自慢しております。今後とも宜しくご指導願いますよ」

「本日来ていただいたのは、私のつたないお茶を点じたいと思ったからです」

長兵衛が先に部屋を下がった。

間合いを計らい、伝右衛門と誠四郎は茶室へ続く庭に降りた。そこから、薄暗い外露地へ白い飛び石が続いていた。

枝折戸で、亭主を務める長兵衛が出迎え、無言で一礼した。伝右衛門が答礼し、続いて誠四郎も頭を下げた。露地の寂寞とした静かさの中に三人はいた。

蹲踞の向こうの湯桶石に置かれた桶から薄く湯気がゆらめいた。誠四郎は手を洗い口をすすぎ、躙り口から茶室へ滑り込んだ。柔らかな香が身体をつつみこむ。床の間に掛けられた一行物の掛け軸の白さだけが、庵内を明るくしている。炉にかけられた尾垂釜の湯の鳴る音が、茶室の静寂を乱していた。

亭主の長兵衛が点前を始めた。淡々と流れるように点前が進められ、茶碗が伝右衛門の前に置かれた。伝右衛門は茶をゆっくり啜った。

長兵衛は別の茶碗を取り、茶を点じ、それを誠四郎の前に置いた。

しっとりとした茶碗の肌の手触りがある感触を蘇らせた。それは誠四郎が曙を初めて手にしたときの肌合いであった。口内に茶の渋みが心地よく広がった。

「深い味わいでした」

「茶席では御座いますが、無作法をお許しいただいて、無粋な商売のお話しをさせていただきます」

伝右衛門が小さく頷き、長兵衛に同意を表した。

「誠四郎さんにお買いいただきたい品物が御座います」

「……」

「その品物は、この曙で御座います。この取引の素晴らしさは、誰も儲けず、誰も損をしないところにあります」

「……」

「私は初日を買い受け、それを曙と交換できました。今度は曙を、初日を買った値で、誠四郎さんへお売りしたいのです」

「……」

「今日まで、私は志野茶碗で大変楽しいときを過ごすことができました。最初は初日で、その後は曙によってです。この一期一会の機会を誠四郎さんが与えてくれました。その上、私は生涯の友を得ました」

伝右衛門が満面に笑みを浮かべて頷いた。

五

誠四郎の許へ、蔦屋重三郎から一通の書状が届けられた。書状には、今回の飛脚箱の奪取事件に関してお話をしたいとしたためられ、体調を崩しているので、通油町の自宅へ来訪して欲しい旨が書かれてあった。追伸として、この席には、兵衛と良庵も招いていると記されてあった。これは、彫新の新八が起こした一連の事件の釈明に違いないと思った。

良庵も同じ書状を受け取った。当日、良庵は約束の時刻より早く家を出た。心蔵に持病をもつ重三郎の診察をしたかったからである。

神田川に架かる和泉橋の上から眺めた富士の頂きは一段と白さを増していた。川面をわたる肌を刺す寒気にかえって身を引き締める心地よさがあった。日本橋通油町にある耕書堂は相変わらず写楽の役者絵を買い求める人たちでにぎわっていた。

「これは、これは、神田明神下の良庵先生。ようお出でなさいました」と出迎えた十返舎一九にはいつもの軽妙さがなく、沈んだ印象を与えた。

「めっきり寒くなった。重三郎さんはおられるかな」

「奥におられます。どうぞ」

如才なく良庵を迎えた重三郎は江戸の出版界を牛耳る実力者だけあって、精悍な面差しに変わりは見られなかった。しかし、顔見世狂言の役者絵を大量に刊行した疲れか、顔に浮腫みが感じられた。

「しばらく重三郎さんのお身体を診察しておりませんでしたので、お脈を取らせてもらう積もりで、早くうかがいました」

「いつもお気を掛けて頂き有り難うございます。私も顔見世狂言の浮世絵刊行に忙しく、やっと一息ついたところです」

「それでは、お脈を拝見いたしましょうか」

重三郎の左手を取り、脈拍を調べ始めた。良庵は脈拍に不整脈が出ていることを知り、眉を曇らせた。

「重三郎さん、少しお疲れがたまっていますね。余り仕事に打ち込み過ぎますと、心の臓に負担がかかりますよ」

「ご心配有り難う御座います。生まれついての貧乏性で、身体を動かしていないと気が休まらないものですから」

「でも、重三郎さんには、まだまだやっていただかなければならない仕事が山ほどあるのですから、ご養生いただかないと……」

「それは、余りにも買いかぶりですよ。お気付きなったと思いますが、十返舎一九という者が住み込んでいるんです。絵も巧く筆が立つので、これからが楽しみです。間違いなく、彼は世間をあっと言わせる作品を物にしますよ」

良庵は、重三郎が常に将来を見据えて、新しい人材を育て上げる心意気に打たれた。それだけに、重三郎には長生きして貰い、いつまでも江戸の庶民たちが楽しめる作品を提供して欲しいと思った。

「疲れをいやす薬を調合いたしましょう。明日にでも、お使いを寄越してください」

誠四郎は約束の刻に耕書堂を訪れた。重三郎が丁重に出迎えた。

「暮のお忙しい最中に、お呼び立ていたし恐れ入ります」

「体調を崩されたとかお聞きいたしましたが、いかがで御座いますか。少しおやつれですね。ご無理をなさらないでください」

「貧乏性ゆえの疲れだけですよ。間もなく落合兵衛様もお見えになるでしょう。奥で熱いお茶でくつろいでください」

誠四郎が奥座敷に案内されると、良庵がくつろいでいた。良庵が重三郎を診察したことを話した。ほどなくして、兵衛が顔を見せた。

「本日、お出でいただいたのは、手前どもの彫新の新八が仕出かした不始末の件で御座います」

深々と頭を下げた重三郎の面差しには、悔恨と苦悶が混じり合っていた。

「五日前の夜に、新八が参りまして、すべてを告白いたしました。新八が申すには、この度の事件は三吉が斎藤十郎兵衛が模写した版下絵を盗み出したことが発端だったそうです。発端はどうであれ、新八がすぐに報告すれば、解決できただけに残念でなりません。私の不徳がこのような不幸な事件をもたらしたのです」

「奪われた書状が回収でき、お得意様からもお許しを賜りました。どうか、気になさらないでください」

「なにも知らずに、事故のお見舞いを申し上げたのが恥ずかしくぞんじます。捕らえて見れば我が子とは、悲しいものですな」

重三郎が寂しそうに笑った。誠四郎は一番気になっていたことを訊ねた。

「それで、新八はどういたしました?」

「新八は死にました。首を吊り、罪を償ったのです。残された遺書には、病気を苦にして死ぬ、とだけしたためられておりました」

「新八は自分の命で罪をあがなうだけではなく、蔦重の信用を守るためにすべてを闇に葬ったんだ」

兵衛は、私利私欲で罪を犯したのではなく、蔦重の暖簾を守り通すために止む無く人を殺めてしまった新八の心情がふびんだった。

「新八の犯した罪は万死に値します。それよりも、裁かれなければならないのは彼を死に追いやった私の方なのです」

悔恨で腫れ上がった目をしばたかせながら、重三郎は拳を強く握り締めた。誠四郎は重三郎の受けた深い傷を慰める言葉に窮した。

「重三郎さん、そのように自分を責める必要はありません」

「その通りだ。三吉や半次が殺されたのは、蔦重を強請ろうとした報いだし、自業自得なんだ。だから、新八を成仏させるためにも、彼の秘密を守ってやろう」

「はやぶさ屋から、新八のことが世間に漏れることはありません。すべての記録は灰にしました。今回の事件については、店の者に一切もらさぬよう申し渡しました」

「はやぶさ屋の事故はすべて決着したんだから。気を楽にして養生をしてくださいよ」と良庵が付け加えた。

兵衛がなにげない口調で、町奉行所の決定内容を説明した。

「町奉行所の裁きは、三吉は酔って竪川へ転落して水死し、半次はやくざ者同士のいざこざで殺された、と決着をみた。新八は不治の病を気に病んで自殺したと家主から届けられた。事件はすべて落着し、両者を結び付ける者は誰もいないさ」

「誠四郎さん、兵衛さん、良庵さん、有り難う御座います……」と重三郎は深々と頭を下げた。

下女が恐る恐る障子を明け、重三郎へ小声で一言二言伝えた。重三郎は威儀を正すと、三人に丁重に挨拶した。

「本来ならば席をあらため、しかるべき料亭へご案内するところで御座いますが、私が体調を崩しておりますので、別室に簡単な粗餐をご用意いたしました」

案内された部屋はほどよく暖がとられており、上座に三人の席が用意されていた。

「本日の料理は精進料理にさせていただきました。料理人は茅場町の楽庵から参っております」

酒が座をくつろがせ、堅苦しい雰囲気をほどくのに時間は掛からなかった。兵衛は重三郎の気持ちを早く楽にさせようと、あえて東洲斎写楽の名を口にした。

「良庵は藪医者で暇を持て余していたので、東洲斎写楽の役者絵に惚れ込みましてね。そうだな、良庵?」

「その通りですよ」

「あげくの果てに、病膏肓《やまいこうこう》に陥り、東洲斎写楽の謎解きに熱中したんだ。間違いないな、良庵？」

良庵は苦笑いするだけであった。

「良庵は岡っ引き顔負けの推理を働かせ、東洲斎写楽の名の中に役者絵を描いた絵師を暗示する鍵が隠されていると見抜いた」

「どう解かれたのですか？」と重三郎が好奇心をあらわにした。

「東洲斎写楽の絵師名に、本当の絵師の出自が隠されていると勝手に推理したにすぎません。いや、その方法しかなかったのですね。東洲斎写楽とは、〈江戸城の東方の土地に生まれ、現在も住んでいる者で、役者を写して人を楽しませる者〉だ、と解釈しました」

「その解釈は正しいですね。でも、それだけでは、京伝先生までたどりつけないと思いますが？」

「この条件に当てはまった絵師は、政美、政演（京伝）、清長、清政、春朗（北斎）、春英でした」と良庵は五人に絞り込んでいった過程をつぶさに重三郎へ説明した。

「では、どう京伝先生へたどりついたのだ？」と兵衛が膝を乗り出した。

「これもまた、偶然に過ぎません」

「偶然？」

「私はお菊さんの治療をしていたときに、『京伝が芝居を楽しく語ってくれるし、慰めてくれるのよ』とお菊さんから聞いたことを、ある機会にふと思い出したのです。これが謎を解く鍵になりました。京伝先生は芝居の好きなお菊さんを慰めるために、顔見世狂言の舞台を描き、桟敷で芝居を見ているように話をしてあげた、と推理できたんです」

重三郎が大きく頷き、良庵の話を引きとった。

「京伝先生は、病床に伏せているお菊さんに芝居を見せてあげたかった。でも、お菊さんは衰弱が激しく、芝居小屋へ出向くことが出来ませんでした。だから、あたかも桟敷から芝居を見ているように、役者の演ずる舞台をあるがままに描きました。それも、視力がめっきり弱くなったお菊さんによく判るように、大首絵で描かれたのです。人気役者が大向こうを唸らせる見得の瞬間だけではなく、端役の役者衆まで表現なさいました。お菊さんは床に伏せっていても、贔屓役者だった半五郎や鬼次の芸を楽しみ、顔見世狂言を心いくまで堪能することができたのです」

「人気役者だけではなく、端役を演ずる役者まで描いたのは、家でお菊さんに芝居見物をさせるためだったのか？」と兵衛は思いもよらぬ展開に目を丸くした。

「お菊さんの病床の傍らで、京伝先生の描かれた大首絵を発見したとき、私は驚天動地そのものでした。私が捜し求めていた役者絵が目の前に転がっていたのです。それまでの役者絵は、千両役者や人気役者を描いた文字通りの役者絵でした。役者の贔屓筋のための役者絵でした。そんな役者絵に、私は飽き足らなくなっていたのです」

重三郎の目に輝きが増し、顔が紅潮した。

「私は、芝居そのものを描いた役者絵を世に問いたいと考えていました。芝居小屋の外でも、芝居が楽しめる芝居絵、あるいは狂言絵と呼ばれる浮世絵を生み出したかったのです。お菊さんのお導きにより、求めていた蔦重の芝居絵を見いだすことができたのです」

「それで、京伝先生をどう説得なさったのですか？」と良庵が訊ねた。

「当然ながら、私の願いについて、京伝先生は首を縦に振らなかった。『お菊を慰めるために描いたのだ。あの役者絵はお菊だけのものだ』とおっしゃいました。だが、私は諦めなかった。お菊さんが亡くなられ四十九日の法要のときに、お菊さんの回向のためにと、やっと承諾いただいたのです。京伝先生はお菊さんの百か日法要が済んだあとで、五月曽我狂言を開板しよう、とお決めになりました」

「それで、あの大首絵の役者絵が誕生したのですね?」

「ついに、蔦重の芝居絵、東洲斎写楽の役者絵を世に問うことができたのです。芝居絵の一番刷りを手にしたとき、余りの出来栄えに身が震えました。この感激は、六年前に歌麿の美人錦絵を手掛けたとき以来のものでした。〈吉原細見〉で出版の事業を始めてから、狂歌本、黄表紙本、洒落本と次々に新しい作品を世に送り出すたびに、絵草紙問屋の商売冥利に胸が高鳴りました」

「ふむ」

「大首絵は蔦重の芝居絵の誕生でした。芝居を楽しむ芝居絵は、立ち役、女形だけではなく、端役の役者まで描かなければなりません。そのために二十八点の役者絵の刊行になったのです。これは、従来の役者絵ではない、蔦重の芝居絵を世に問うためです。それに、新しい芸術を世に問うときは、作品を小出しにしながら様子を見るのは下策です。正面から堂々と、新しい芸術を世に問わなくてはなりません。既成観念化した古い芸術観に挑戦し、それを打ち破る最良の方法が、大量刊行なのです」

「ふむ。思い返すと、歌麿の美人錦絵を売り出したときも、その方法で西村屋の清長の美人像を打ち壊したな」

「それが、私の商売のやり方なのです。当然、歌舞伎界からの反発も強く、大首絵は役者絵ではなく、役者の素顔を晒したきわ物とのお叱りも受けました。このような批判があっても、従来の役者絵が役者の贔屓の人々に気に入られるため、役者の美しさだけを強調しているのが不満でしたから、私は意に介しませんでした」

京伝の衝撃的な大首絵は江戸庶民の人気を博し、大成功を収めたのだった。

良庵が一番知りたかったことを口にした。

「なぜ政演ではなく、東洲斎写楽の落款名にしたのですか?」

「京伝先生が仮名を望まれたからです。京伝先生には、『俺は戯作者だ』との意地がありました。寛政元年に、石部琴好先生の〈黒白水鏡〉の挿絵でお咎めを受けてから、絵筆は取らないと決めていた上に、三年前に京伝先生は洒落本で幕府から手鎖の罰を受けましたからね。絵師で、ふたたび名を売りたくなかったのです。絵師名は、相談の上、東洲斎写楽としました。名付けの由来は、良庵さんが推理した通りです」

「京伝先生の戯作者としての誇りが、東洲斎写楽という落款名を生んだのか」

良庵には、京伝の権力に対する鬱憤の激しさがよく理解できた。

「それも一回限りとのお約束でした。お菊さんの回向のためにお許しになったからです」

「では、一回限りの約束だったのに、どうして、京伝先生は七月狂言の役者絵を描かれたのですか?」

「お菊さんの新盆供養に供するために、とお願いしたのです」

「さすが重三郎さんだな。だが、それだけでは京伝先生はうんとは首を振るまい?」と兵衛が好奇心にあふれる顔で聞いた。

「約束は大首絵の一回限りだ、と首を縦に振らない京伝先生にこう申し上げました。『大首絵は幸い高い評判を得ることが出来ました。しかし、役者絵は豊国の役者舞台之絵姿のように、全身像を描くのが本物だとの批判が寄せられています。これは、私と東洲斎写楽に対する挑戦状ですよ。東洲斎写楽は大首絵だけではなく、全身像の役者絵でも、豊国の役者舞台之絵姿に勝っていることを世に問いましょうと……』」

「それで、京伝先生は、全身像の役者絵で勝負する、絵筆をふるわれたのですか。私も、七月狂言の役者絵に『男の意地、男の闘い』を感じ取りましたよ」

「全身像の役者絵でも、東洲斎写楽は好評を得ることができました。それは、京伝先生の感性と描写力が本物だからです。戯作者だからこそ、役柄の内面まで描けるのです。役者が舞台で演じる表現の巧拙で評価されるように、絵師は、舞台で役者が演じている虚像をどう切り取って表現するかで問われるべきなのです」

「でも、八月に刊行した桐座の役者絵には落胆いたしましたよ」

「良庵先生も、桐座狂言の役者絵に失望なさいましたか。本物を知る人の目は怖いですね。京伝先生が猛暑で体調を崩され、気力が萎えていたのが原因かも知れません」

「重三郎さんが不愉快になるのを承知でお聞きします。役者絵狂いの酔狂からだとご容赦ください。では、なぜ、顔見世狂言の芝居絵は写楽落款で刊行したのですか?」

「八月狂言の役者絵を描き終えられた京伝先生は、きっぱりと東洲斎写楽と決別されると申されました。舞台の役者そのままを描いた役者絵を京伝先生の感性と描写力で世に問えましたので、私も同意しました。ところが、東洲斎写楽にほれ込んだお客様から、顔見世狂言の役者絵への期待が蔦重へ多く寄せられました」

「そこで、重三郎さんは今度は商売人として、写楽の役者絵で勝負をかけたのですね？」

「時には、蔦重は儲けだけの商売をさせてもらいます。時代を切り開く絵師や作家を育て、新しい芸術を世間に提供するには、莫大な資金がかかるからです」

誠四郎は、重三郎が新しい芸術を切り開く使命感の強さだけではなく、絵草紙問屋の主《あるじ》として機会を捉える商売人の凄さに感動さえ覚えた。

「京伝先生にお願いして、写楽の落款名を用いた役者絵を刊行する、ご了解いただきました。写楽は東洲斎写楽とは別人だと京伝先生は割り切ってくださったのです。おそらく、三年前の蔦重の財産半減を気になさっていたのですね」

その言葉には、割り切れない寂しさが含まれていた。重三郎は承知で東洲斎写楽を葬ったのだった。その後ろめたさが、落款名写楽なのである。

「この写楽の役者絵では、商売になる工夫をいろいろおこないました。役者や芝居好きの人たちに買っていただけるように、看板の大首絵は人気役者だけにしました」

「ふむ」と兵衛が頷いた。

「それだけではなく、千両役者や人気役者の家紋、屋号、俳号さえ入れたのです」

重三郎は、役者の贔屓筋さえ標的にしたのだった。

「また、買い易くするために、値段の安い細版の組み絵を幾種類も用意しました」

「それで組み絵が十八組だから、間判の大首絵と合わせると、五十五点の刊行になったのか」と兵衛が呆れ顔で頷いた。

良庵が、どうしても解けない疑問を口にした。

「それでは、写楽の役者絵を描いた絵師は、一体誰ですか?」

重三郎の口から、誰れしもが想像さえしなかった名前が発せられた。

「寄食している十返舎一九を責任者に据え、新八に協力させました。新八から彫師としての助言を受けて、写楽の版下絵を描いたのは斎藤十郎兵衛です。彫りは、新八が指揮をしました。その過程で、お恥ずかしい混乱が生じ、落款名だけではなく、俳名や屋号に間違いがでました。商売に手抜きがあってはいけませんな」

良庵は、新しい才能を次々に見出し育て上げる重三郎の貪欲さに舌を巻かざるを得なかった。

黙って二人の遣り取りを聞いていた、誠四郎が訊ねた。

「写楽の役者絵の評判はいかがでしたか?」

「予想を上回る売れ行きでした。顔見世狂言をご覧になる芝居好きの方々に、数多くお買い求めいただいたからです。しかし、良庵先生のような本物の役者絵の好事家からは、ご不評を賜りました」

「世の中、目明き千人、盲千人と申すからな」と兵衛が口を挟んだ。

「これから、写楽の役者絵をどうなさいますか?」

「もう、写楽の役者絵は見切りました。金儲けは短期決戦でこそ、上手くいくのですよ。短期間にこれだけの役者絵を刊行すれば、間違いなく世間は個性的過ぎる写楽に飽きますね。庶民の移り気の怖さを私はいやと言うほど味わってきましたからね」

重三郎の言葉は商売人の強かさと世の移ろいやすい真理を突いていた。

「それに、蔦重の商売優先が新八の悲劇を招いてしまったのですから。写楽は誰にも気づかれず静かに消えます……。大童山の相撲絵と閏十一月の都座狂言〈花都廓縄張《はなのみやこくるわのなわばり》〉の刊行を終えましたので、絵師斎藤十郎兵衛にその旨を伝え、本人も本業の能に専念すると申しております。ただ、十郎兵衛が、都座の正月狂言〈江戸砂子慶曽我《えどすなごきちれいそが》〉〈五大力恋緘《ごだいりきこいのふうじめ》〉と桐座正月狂言〈再魁罧曽我《にどのかけかついろそが》〉を描いてから筆を折りたいと申しておりますので、それが、最後の写楽の役者絵になるでしょう」

こう答えた重三郎の顔に、寂しい影が浮かんでいた。重三郎の寂しさは、『東洲斎写楽』と決別した悲しさなのだ、と良庵は確信した。それは、良庵に取っても『東洲斎写楽』との別れであった。

重三郎は三人に深々と礼を述べた。

「私には、まだまだやり残した仕事があります。どうか、これからも力をお貸しください」

終章　寛政七年

寛政七年の正月は、暖かな日が続いた。

　正月九日、大童山の土俵入りに描かれていた初代横綱谷風梶之助が四十六歳で亡くなった。谷風は二百三十回の勝負で敗れたのは僅か十一回であった。

　正月十五日、江戸三座の春狂言が初日を迎えた。豊国は、坂田半五郎と市川八百蔵を描いた二枚の大首絵を初めて世に問うた。

　写楽の役者絵は、都座の狂言〈江戸砂子慶曽我〉と〈五大力恋緘〉を題材に細判七点、桐座の狂言〈再魁槑曽我〉の細判三点が蔦重から刊行された。

　これ以降、写楽の役者絵は一枚も刊行されていない。

あとがき

この作品は私の処女作である。六十歳の定年を迎えたとき、私はそれまでのビジネスマン生活とはまったく違う生き方をしたいと思った。そして、好きな時代小説を書くことにした。題材に写楽を選んだのは、私は写楽の大首絵に魅せられていたからである。

写楽の役者絵は、それを眺めるだけで二百年前の歌舞伎狂言の劇場空間へタイムトリップさせてくれる。二代目坂東三津五郎や三代目瀬川菊之丞の舞台を、あたかも桟敷席から観ているかのように、目の当たりにできるのだ。

それに、蔦屋重三郎が味な仕掛けを残してくれた。東洲斉写楽のなぞである。この蔦屋重三郎の挑戦状に多くの学者、芸術家、評論家が挑んできた。

・斉藤十郎兵衛説　松本清張、斉藤月岑、内田千鶴子、明石散人＋佐々木幹雄
・春藤次左衛門説　鳥居龍蔵
・歌舞伎堂艶鏡説　ユリウス・クルト
・円山応挙説　田口泖三郎
・牟礼俊十説　小島政二郎

・谷文晁説　池上浩山人
・葛飾北斎説　横山隆一、由良哲次
・喜多川歌麿説　石森章太郎、土淵正一郎
・鳥居清政説　君川也寸志、中石瑛
・歌川豊国説　石沢英太郎、梅原猛
・酒井抱一説　向井信夫
・飯塚桃葉社中説　中村正義
・蔦屋重三郎説　榎本雄斎
・十返舎一九社中説　宗谷真爾
・司馬江漢説　福富太郎
・谷素外説　酒井藤吉
・山東京伝説　谷峯蔵
・片山写楽説　近藤喜博
・秋田蘭画社中説　高橋克彦
・中村此蔵説　池田満寿夫
・篠田金治説　渡辺保

この百家争鳴の謎解きゲームに私も参加することにした。私は書き上げた作品「奪われた七通の手紙」を講談社の懸賞小説「第六回時代小説大賞」（一九九五年二月締切）に応募した。ビギナーズ・ラックで、私の作品は三次選考の八作品に残った。

しかし、私は自分の未熟さを思い知らされた。私は「よみうり・日本テレビ文化センター京葉」で小説の書き方を基礎から学ぶ決心をした。

講座「小説の書き方」で、葉山修平先生の厳しい指導を受けることになった。そこで同人誌「だりん」の素晴らしい仲間たちを知る幸運に恵まれた。

このたび、本書「二人の写楽」（「奪われた七通の手紙」改題）の上梓にあたって、葉山修平先生のご助言、叢文社社長伊藤太文氏のご厚意をいただいた。そして、「だりん」の仲間の暖かな声援があった。また、いろいろなかたちで支えてくれたのは、紙幅の制約から一人一人の名前をあげられないが、かつての山一證券をはじめとする證券界の多くの先輩、友人たちの励ましである。

これら前記の各位にあらためて感謝の意を表したい。

参考資料

・「浮世絵類考」沖田勝之助編校（岩波文庫）岩波書店
・「浮世絵の謎」田崎暘之介　毎日新聞社
・「山東京伝」小池藤五郎　吉川弘文館
・「写楽新考」谷峯蔵　文芸春秋
・「写楽はやっぱり京伝だった」谷峯蔵　毎日新聞社
・「蔦屋重三郎」松本寛　日本経済新聞社
・「東洲斎写楽」渡辺保　講談社
・「これが写楽だ」池田満寿夫　日本放送協会
・「東洲斎写楽はもういない」明石散人＋佐々木幹雄　講談社
・「写楽仮名の悲劇」梅原猛　新潮社
・「写楽は歌麿である」土淵正一郎　新人物往来社
・「写楽が現れた」定村忠士　二見書房
・「写楽・考」内田千鶴子　三一書房
・「歴史読本」昭和六十年十二月号　新人物往来社
・「浮世絵鑑賞事典」高橋克彦（講談社文庫）講談社
・「写楽」浮世絵八華4　平凡社

・「写楽」太陽浮世絵シリーズ　平凡社
・「歌麿」太陽浮世絵シリーズ　平凡社
・「写楽」浮世絵を読む3　朝日新聞社
・「写楽と歌麿」江戸の浮世絵展　ブンユー社
・「蔦屋重三郎の仕事」別冊太陽　平凡社
・「江戸の本屋」中公新書　中央公論社
・「江戸味覚歳時記」興津要　時事通信社
・「江戸絵図巡り」小野武雄　展望社
・「東都歳時記」斉藤月岑　平凡社

著者／岡安　克之（おかやす　かつゆき）
千葉県船橋市に在住。
1934年　栃木県今市市に生まれる。
1957年　慶應義塾大学法学部卒
山一證券に入社
現在　人間総合科学大学教授
「江戸連」会員
「だりん」同人

二人の写楽

発　行　二〇〇〇年九月二〇日　第一刷
著　者／岡安克之
発行人／伊藤太文
発行元／株式会社叢文社
東京都文京区春日二―一〇―一五
〒一一二―〇〇〇三
電話　03（3815）4001
印刷・製本／倉敷印刷株式会社

定価はカバーに表示してあります
乱丁・落丁はお取り替えいたします

ISBN4-7947-0345-7